Morton Rhue
Dschihad Online

Morton Rhue

DSCHIHAD ONLINE

Aus dem amerikanischen Englisch
von Nicolai von Schweder-Schreiner

Ravensburger Buchverlag

Bibliografische Information der Deutschen Nationalbibliothek:

Die Deutsche Nationalbibliothek verzeichnet diese Publikation
in der Deutschen Nationalbibliografie.
Detaillierte bibliografische Daten sind im Internet
auf *www.dnb.d-nb.de* abrufbar.

MIX
Aus verantwortungs-
vollen Quellen
FSC® C114500

1 2 3 4 5 E D C B A

Lektorat: Petra Deistler-Kaufmann
Umschlaggestaltung: Favoritbüro, München
Verwendete Fotos von © Stuart Monk/Shutterstock,
© Stefano Cavoretto/Shutterstock und © GlebStock/Shutterstock

Printed in Germany

ISBN 978-3-473-40118-5

www.ravensburger.de

»Alle Regierungen sind kriegerisch. Krieg ist ihr Handel; Beute und Profit ihr Zweck … Jede Regierung beschuldigt die andere der Treulosigkeit, der Intrigen und des Ehrgeizes, um die Einbildungskraft ihrer Untertanen zu erhitzen und sie zu Feindseligkeiten zu reizen. Der Mensch ist von Natur nicht der Feind des Menschen, sondern wird es nur vermittelst eines falschen Regierungssystems.«

Thomas Paine
Die Rechte des Menschen, Teil 2, 1792

[1]

»Wohin fahren wir?«, frage ich gähnend von der Rückbank. Es ist vier Uhr morgens und eiskalt im Wagen. Mein Atem bildet eine kleine Dampfwolke, Schneeflocken fliegen durch das offene Fenster. Draußen platzen die dichten Flocken aus der Dunkelheit ins Scheinwerferlicht.

»Keine Sorge«, antwortet Amir vom Beifahrersitz. »Tu einfach, was ich dir sage.«

Vor fünf Minuten schlief ich noch auf dem Sofa, bevor mein Bruder mich weckte und meinte, ich solle mich anziehen und Handschuhe mitnehmen. Jetzt sitze ich in diesem eiskalten Auto und habe keine Ahnung, wo mich Amirs zappeliger, kettenrauchender Freund Marat hinfährt. Vielleicht kann ich wenigstens herausfinden, wie lange es dauert.

»Ich muss später noch in die Schule«, sage ich. »Wir schreiben einen Test.«

»Bis dahin sind wir zurück.«

Amir friert lieber bei offenem Fenster, als die ganze Zeit den Qualm einzuatmen. Mir klappern die Zähne. Unter dem Parka habe ich nur ein T-Shirt an. »Geht die Heizung?«

Amir drückt einen Knopf, zieht dann den Handschuh aus und hält die Hand vor den Lüftungsschlitz. »Geht nicht.«

»Ich spür was«, sagt Marat. Die Glut seiner Zigarette glimmt im Dunkeln wie ein roter Laserpunkt.

»Da ist nichts.« Amir schlägt mit der Faust auf das Armaturenbrett. Der Knall dröhnt in meinen verschlafenen Ohren. Er legt die Hand wieder auf den Lüftungsschlitz. »Praktisch nichts. Tolles Auto hast du uns da organisiert.«

»Okay, nächstes Mal besorgst du den Wagen«, brummelt Marat, während er den Zigarettenrauch ausstößt.

»Dann geht jedenfalls die Heizung.«

»Als könnte ich von draußen mit der Taschenlampe sehen, ob die Heizung funktioniert«, verteidigt sich Marat.

Ihr nervöses Gequatsche sagt mir, dass sie etwas im Schilde führen. Niemand steht mitten in der Nacht auf und fährt durch einen Schneesturm, um mal eben einkaufen zu gehen. Jetzt fällt mir auch der Kindersitz auf und das Kreuz am Rückspiegel. Ich beuge mich vor und sehe einen Schraubenzieher unter dem Lenkrad rausragen, dort wo eigentlich der Zündschlüssel stecken sollte.

Es hat keinen Sinn zu fragen, was sie vorhaben. Ich werde es noch früh genug erfahren. Also ziehe ich mir die Kapuze über den Kopf, lehne mich in die Ecke und schließe die Augen.

[2]

»Wach auf«, sagt Amir.

Es ist still und dunkel. Scheinwerfer und Motor sind ausgeschaltet. Wir stehen auf einem kleinen Parkplatz hinter einem flachen, fensterlosen Gebäude. Draußen rieselt leise der Schnee. Mein Bruder zeigt auf eine Tasche zwischen mir und dem Kindersitz. »Gib mal rüber!«

Ich reiche ihm die Tasche, und er holt eine schwarze Wollmütze und eine Sturmmaske raus. An beiden hängt noch das Preisschild. »Setz die auf.«

»Wo hast du die Sachen her?«, frage ich.

»Spielt das eine Rolle?«

Ich frage nicht weiter nach und folge seinen Anweisungen. Vorne ziehen Marat und mein Bruder ebenfalls ihre Sturmmasken über.

»Fertig?«, fragt Amir.

Marat macht die Tür auf. Schneeflocken wehen in den Wagen. Mein Bruder dreht sich zu mir um, ich kann nur seine Augen und seinen Mund erkennen. »Los geht's!«

Die kalte Luft riecht frisch und sauber. Unsere Schuhe knirschen auf der dicken weißen Schneeschicht. Marat nimmt einen Werkzeugkasten aus dem Kofferraum und geht auf eine Tür zu, auf der in goldenen Klebebuchstaben LIEFEREINGANG steht. Er hockt sich vor das Schlüsselloch und stochert darin herum. Amir und ich warten, unsere behandschuhten Hände in den Taschen vergraben. Das einzige Geräusch ist das leise metallische Kratzen des Dietrichs im Schloss.

»Was ist damit?« Ich klopfe gegen das ausgeblichene rotweiße Alarmanlagenschild an der Tür.

»Die stellt sie nie an.«

»Sie?«, wiederhole ich und frage mich, was mich auf der anderen Seite der Tür erwartet.

»Die Besitzerin.« Amir nickt in Richtung Marat. »Er beobachtet den Laden seit Wochen.«

»Komm schon«, knurrt Marat und ruckelt mit seinem Dietrich.

»Was ist das Problem?«, fragt Amir.

Marat hat einen Tic. Er blinzelt dauernd, wenn er angespannt ist. »Kein Problem. Nur dass es ein gutes Schloss ist. Hab ich gleich.«

Amir nuschelt etwas über die blöden Amerikaner und ihre blöden Schlösser. Ich sehe auf mein Handy. Es ist 4:43 Uhr.

[3]

Als wir klein waren, bauten die Kinder in unserer Nachbarschaft Schneemänner oder machten Schnee-Engel. Nur Amir spielte immer Krieg. Groß angelegte Schneeballschlachten mit Burgen und Tunneln. Wenn er einem wehtun wollte, packte er ein Stück Eis in einen Schneeball und zielte auf dein Gesicht. Ein Junge namens Gary verlor auf diese Weise einen Milchzahn.

Eines Nachmittags waren Amir und ich draußen, und er fing an, mich mit Schneebällen zu bewerfen. Die ersten waren noch harmlos und flogen nur gegen meine Jacke. Aber dann traf mich einer am Ohr, sodass es brannte.

»Komm schon, wehr dich!«, rief er.

Als ich nicht reagierte, kam er näher und stellte sich mit ausgebreiteten Armen vor mich hin. »Na los. Du kannst mir auch einen ins Gesicht werfen.«

Aber das konnte ich nicht. Amir war mein großer Bruder. Er bestimmte, was wir machten. Er legte die Regeln fest. Er war der Anführer, der Chef. Ihn herauszufordern, war undenkbar.

Als ich mich immer noch nicht rührte, kniete Amir sich hin, nahm etwas Schnee und drückte ihn, so fest es ging, zusammen. Nur ein paar Schritte trennten uns. Als er ausholte, beugte ich mich vor und hielt mir die Hände vors Gesicht. Der Schneeball traf mich an der Schulter. Es tat nicht weh. Als ich hochsah, hatte Amir schon den nächsten Schneeball in der Hand.

Ich konnte mich nicht mehr rechtzeitig ducken. Der Ball traf mich an der Wange und hinterließ einen brennenden Schmerz. Eis und Schnee liefen mir übers Gesicht. Amir wusste genau, dass das verdammt wehtat.

»Jetzt wehr dich doch!«, rief er. Da ich immer noch nichts unternahm, formte er noch einen Schneeball und warf ihn nach mir. »Komm schon, du Mädchen. Na los, du Angsthase.«

Er warf einen Schneeball nach dem anderen und ließ eine Beleidigung nach der anderen los. Alle taten mehr oder weniger weh. Ich kämpfte mit den Tränen. Bei jedem anderen hätte ich den Kopf eingezogen und mich auf ihn gestürzt, egal, wie groß oder stark er war. Erfahrung hatte ich auch damals schon, ich weiß, wie man kämpft. Ich hatte keine Angst. Mit Angst hatte das nichts zu tun.

Irgendwann war Amir so frustriert, dass er einen Schneeball formte, herumwirbelte und ihn nach dem nächstbesten

Auto warf. Der Ball klatschte gegen das Fahrerfenster. Der Mann am Steuer erschrak und trat auf die Bremse. Der Wagen kam schlitternd zum Stehen. Der Fahrer saß leichenblass und wie erstarrt da, als hätte er einen Herzinfarkt gehabt.

Dann drehte er sich plötzlich um und sah uns. Amir und ich rannten sofort los. Der Mann sprang aus dem Wagen und lief brüllend hinter uns her. Es war das erste Mal, dass ich von einem Erwachsenen verfolgt wurde. Mit dem Geschrei unseres Verfolgers in den Ohren sausten wir die Straße entlang, bogen um die Ecke in die nächste Straße, bis wir in eine Gasse kamen und uns hinter einem parkenden Auto versteckten.

Mein Herz pochte. Neben mir keuchte Amir und grinste. Nicht vor Erleichterung, dass wir entkommen waren, sondern triumphierend. Als hätten wir gewonnen.

Wir blieben lange dort hocken. Mir klapperten die Zähne, und ihm, glaube ich, auch. Aber die Kälte machte uns nicht so viel aus wie anderen. Unser Vater meinte, sie läge uns im Blut. Unsere Vorfahren hatten sich vor Hunderten von Jahren in den Bergen niedergelassen und sich so an die Kälte gewöhnt. Also zitterten wir und warteten. Es war Winter, die Tage waren kurz, und die Sonne würde bald untergehen. Endlich stand Amir auf. In der Dunkelheit waren wir sicher und konnten ungestört nach Hause laufen. Als wir aus der Gasse kamen, legte er den Arm um meine Schulter und drückte mich, als wollte er sagen: »Gut gemacht, kleiner Bruder.«

***

Das Schloss geht auf. Marat wischt sich den Schnee von den Schultern und drückt die Tür auf. Drinnen riecht es süßlich und parfümiert nach Kaugummi und Seife. Wir sind in einer Art Lagerraum. An den Wänden stehen Regale mit Schachteln voller Schokoriegel, Zigaretten, Batterien, Kautabak, Nudelsuppen, Softdrinks und Energydrinks. Mit einer Stiftleuchte führt Marat uns einen schmalen, ebenfalls mit Regalen vollgestellten Flur entlang und durch eine Schwingtür in den Laden. Die Deckenlampen leuchten nur schwach, aber durch die kleinen blauen, roten und gelben Lichter der Spielautomaten wirkt der Raum fast festlich. Neben dem Eingang steht ein Geldautomat. Marat und Amir hocken sich mit einem Bohrer und einem Hammer davor und machen sich an die Arbeit.

[4]

4:54 Uhr.

Amir schlägt mit dem Hammer auf den Geldautomaten ein. Nichts passiert. Keuchend stützt er sich auf den Knien ab und wirft Marat einen genervten Blick zu. »Ich dachte, du hast das schon mal gemacht?«

»Ist schon ein paar Jahre her. Offenbar werden die Dinger jetzt anders gebaut.«

»Und wie lange dauert das jetzt?«, fragt Amir.

»Vielleicht etwas länger, als ich dachte.«

»Ach, echt?« Amir nimmt den Hammer und schlägt weiter auf den Kasten ein.

***

5:06 Uhr.

Amir reicht mir den Hammer. Er ist schwer. Wiegt bestimmt fünf Kilo. »Versuch du mal.«

Das ist natürlich Schwachsinn. Mein Bruder schlägt seit zehn Minuten auf den Geldautomaten ein, ohne eine nennenswerte Delle fabriziert zu haben. Marat steht daneben und guckt genervt. Ich weiß nicht, ob ich ihm abnehmen soll, dass er das schon mal gemacht hat. Vielleicht kriegt er ein Türschloss auf, aber der Geldautomat ist wie ein Tresor gebaut. Kein Wunder. Wer immer die Dinger entworfen hat, hat wahrscheinlich mit idiotischen Einbruchsversuchen wie unserem hier gerechnet.

Amir schiebt mich vor. »Mach schon.«

Es ist reine Zeitverschwendung, aber was soll ich machen? Als ich zum Schlag aushole, sehe ich durchs Schaufenster in einiger Entfernung ein Licht durch das Schneegestöber schimmern. »Was ist das?«

Amir reißt den Kopf hoch. »Vielleicht ein Auto.«

Im nächsten Moment sind wir auf den Knien und sammeln das Werkzeug ein. Das schimmernde Licht wird heller, und als wir durch die Schwingtür nach hinten verschwinden, sind zwei daraus geworden – Scheinwerfer.

Wir sitzen im engen Flur und verschnaufen.

»Vielleicht sollten wir abhauen«, flüstert Marat und blinzelt hektisch.

»Zu spät«, flüstert Amir zurück. »Die sehen uns.«

Er drückt die Tür einen Spalt auf. Wir warten mit klopfendem Herzen, der säuerliche Geruch unserer nassen Wollmützen vermischt sich mit dem Duft von Süßigkeiten und Reinigungsmitteln.

Amir flucht leise.

»Was?«, fragt Marat.

»Polizei.«

Mein Puls jagt.

»Sicher?«, fragt Marat.

»Ob ich sicher bin? Bist du bescheuert? Glaubst du, ich weiß nicht, wie Bullen aussehen?«

»Was machen sie?«, frage ich.

»Leuchten mit einer Lampe aus dem Auto«, erwidert Amir. »Wir können nur hoffen, dass sie bei dem Wetter keine Lust haben auszusteigen.« Er schüttelt den Kopf. »Beknackte Bullen. Haben die nichts Besseres zu tun?«

»Die Werkzeuge sind alle weg«, erklärt Marat. »Eigentlich dürften sie keinen Verdacht schöpfen.«

Doch da täuscht er sich.

»Die Reifenspuren«, flüstere ich.

[5]

Wenn die Polizisten die Reifenspuren bemerken, die hinter den Laden führen … wenn sie den Spuren folgen und den Wagen finden, den Marat gestohlen hat …

Wir bleiben zwischen den Regalen hocken, die Nerven zum Zerreißen gespannt. Amir späht immer noch durch die Tür. Der penetrante Geruch nach Süßigkeiten und Seife wird immer unerträglicher. Aber sollten wir hier heil herauskommen, muss ich daran denken, Futter für Mačka und Nudelsuppen mitzunehmen.

5:30 Uhr. Nachricht von Vitaly.

Steh auf.

Bin ich schon.

Quatsch.

Echt.

Fertig?

Kann nicht.

?

Hab zu tun.

???

»Nicht jetzt!«, zischt Amir wütend, als er sieht, was ich mache.

»Ist nur Vitaly«, flüstere ich.

»Es ist immer Vitaly. Schreib ihm doch, er soll herkommen. *Vitaly, mein lieber Freund, komm her und versteck dich mit uns vor der Polizei.*«

Ich gehorche und stecke das Handy weg. In der Hosentasche vibriert es erneut. Als Amir das hört, sieht er mich böse an und schüttelt warnend den Kopf.

***

Ich war sechs, als mein Vater mich zum ersten Mal mit in den Zirkus nahm. Ich war völlig fasziniert von den Elefanten und Pferden. Den Clowns und Akrobaten. Von dem Mann, der aus einer Kanone geschossen wurde.

»Will jemand ein Eis?«, fragte Dad nach der Vorstellung. Was für eine Frage! Amir und ich liebten Eis mehr als fast alles andere auf der Welt.

Wir mischten uns unter die Leute, die dicht gedrängt vor einem Glastresen standen. Als wir endlich vorne waren, presste ich die Hände gegen das kalte, feuchte Glas und sah zu, wie ein Mann und zwei Frauen in Höchstgeschwindigkeit Waffeln und Becher füllten. Ich war zu klein, um über den Tresen zu gucken, und überlegte stattdessen, was ich nehmen sollte. Cookie-Dough war meine Lieblingssorte, aber jedes Mal, wenn der Eislöffel in einen der Behälter fuhr, fragte ich mich, ob ich nicht lieber etwas anderes ausprobieren sollte. Schokolade-Karamell, Erdbeer-Joghurt? Das grüne Zeug mit den Nüssen? (Nein, das nicht.)

Es schien endlos zu dauern. Andere Kinder mit ihren Eltern drängten sich neben uns, bekamen ihre Waffeln und verschwanden wieder. Dann hörte ich, wie Dad seine raue Stimme erhob: »Entschuldigen Sie? Können wir bitte ein Eis bekommen? Hallo?«

Ich sah nur, wie die Hände hinter der Glasscheibe das leckere Eis in Kugeln herausschaufelten.

Da spürte ich eine Hand auf meiner Schulter und sah hoch in das gerötete Gesicht meines Vaters. Er hatte Lippen und Augen zusammengekniffen. Kopfschüttelnd zog er mich weg.

»Aber was ist mit meinem Eis?«, fragte ich mit der Verzweiflung eines Sechsjährigen, als er mich aus der Menge führte.

»Wir holen uns eins auf dem Heimweg«, grummelte er.

Das war nicht dasselbe.

»Ich will aber *das* Eis da.« Ich versuchte stehen zu bleiben, aber er packte fester zu und lenkte mich weiter. Ich stemmte mich dagegen und wollte mich aus seinem Griff winden. »Nein! Das andere will ich nicht …«

Eine Hand packte mich an der anderen Schulter. Ich sah in Amirs rot angelaufenes Gesicht. Auch er hatte die Lippen zusammengepresst, die Augen waren zwei Schlitze. Warnend schüttelte er den Kopf.

Diesen Blick würde ich noch öfter zu sehen bekommen.

***

Amir späht noch durch die Tür. »Sie hauen ab.«

Ich atme erleichtert auf. Marat will aufstehen.

»Noch nicht«, befiehlt Amir.

»Warum nicht?«

»Ich will nur sichergehen.«

Ich sehe auf mein Handy. 5:35 Uhr. »Wann geht die Sonne auf?«

»Nicht vor sieben«, sagt Marat.

»Aber es wird schon vorher hell«, erinnere ich sie.

Amir flucht und steht auf. »Okay. Ab jetzt hört ihr auf mein Kommando.«

[6]

10:38 Uhr.

Eine Nachricht von Vitaly weckt mich. Ich liege wieder zu Hause auf dem Sofa unter der Decke.

Wo bist du?

Müde. Sprechen später.

Komm in die Schule!

Nee

Chemie-Arbeit!!

Mein Gehirn ächzt unter dem Gewicht der schlafarmen Nacht. Das mit der Chemie-Arbeit ist sowieso schon ein Nachschreibtermin. Die Nachricht heute Morgen um 5:30 Uhr hat Vitaly mir geschrieben, damit ich vorher noch lerne. Er wollte sich sogar an den Computer setzen und mir helfen.

Hast du gelernt?

Nee

Komm in die Schule!!!!

Wozu, Mann?

Nenn mich nicht Mann!

Ich mache das Handy aus, rolle mich auf die andere Seite und ziehe mir das Kissen über den Kopf. Draußen rumpelt ein Schneepflug durch die Straße. Das Geräusch erinnert mich an die Panzer in Kriegsfilmen. Dad hat immer von den Panzern in den Straßen erzählt, bevor Mom und er aus Srebrenica geflohen sind. Artillerieangriffe. Ganze Wohnblöcke gingen in die Luft, Hunderte von Männern und Jungen zogen in den Kampf, wurden abgeschlachtet und in engen Gruben platt gewalzt. Die Frauen und Kinder blieben halb verhungert zurück, aßen ihre Haustiere und erfroren in der Kälte. Schule? Wer hatte dafür schon Zeit, wenn man den ganzen Tag in den Trümmern nach Essensresten und Feuerholz suchen musste? Einmal sah Dad eine Familie in Tränen aufgelöst zum Friedhof fahren, der ganze Wagen war voller Angehöriger und der Tote – ein junger Kämpfer in zerrissenen, blutverschmierten Tarnklamotten – oben auf dem Dach festgebunden.

Mačka läuft über meinen Kopf und miaut. Ich schiebe sie weg, aber sie ist sofort wieder da. Sie hört erst auf, wenn ich sie füttere.

»Okay, okay.«

Ich stehe auf, die Decke um die Schultern gewickelt. Seit

letzter Woche ist es eiskalt hier. Keine Heizung. Amir hat sich bei unserem Vermieter Mr Zent beschwert, der gleich damit drohte, ihn bei der Einwanderungsbehörde zu melden, wenn er weiter nervt.

Auf Mačkas Wasserschüssel in der Küche hat sich eine dünne Eisschicht gebildet. Ich steche sie mit dem Finger durch und öffne eine Dose Friskies, die ich vorhin aus dem Laden mitgenommen habe. Eigentlich will ich mich wieder hinlegen, aber jetzt habe ich doch Hunger. Tee kochen geht auch nicht, da kein Wasser aus dem Hahn kommt. Wahrscheinlich sind die Rohre eingefroren. Kaum etwas im Kühlschrank ist nicht mit einem graugrünen Flaum belegt. Ich weiß nicht mal, ob das Ding überhaupt funktioniert. Jedenfalls kommt es mir darin wärmer vor als in der Küche.

Mein Magen rumort. Wenn ich jetzt gehe, schaffe ich es vielleicht noch rechtzeitig zum Mittagessen in die Schule.

[7]

Tash sitzt an seinem Tisch und isst, als ich mich durch den Seiteneingang bei der Laderampe schleiche. Tash ist der Hausmeister unserer Schule und ein Freund von meinem Vater. Sie kommen aus demselben Viertel in Srebrenica. Wie immer trägt Tash eines seiner karierten Hemden unter einer hellgrauen Strickjacke. Seine Sachen stammen alle aus dem Secondhandladen.

Mit starkem Akzent sagt er: »Ah, Khalil, früh dran heute.«

»Sehr witzig, Tash.« Gleich ist Mittagspause.

Auf seinem Schreibtisch liegen Teile von einem Händetrockner. »Was machst du da?«, frage ich, während ich meinen Parka in den Rucksack stopfe.

»Direktor Walsh sagt: ›Tash, heilmachen ist Zeitverschwendung. Kauf einfach neu.‹ Niemand macht irgendwas heil in diesem Land. Kaputt? Schmeiß weg. Kauf neu. Ich nicht.« Mit seinem dicken, schwieligen Finger tippt er gegen einen offenen Karton. Darin liegt etwas, was aussieht wie eine Metallfeder, die auf einen runden Rahmen gespannt ist. »Ich bestell Teil und tausch aus. Gut wie neu.«

»Dafür hast du Zeit?« Ich weiß, dass er sowieso schon von morgens bis abends in der Schule hockt.

»Ist meine Mittagspause«, sagt er. »Ich will das heilmachen, das ist meine Arbeit.«

»Ich schätze, du sparst denen eine Menge Geld.«

»Und wie! Aber dankt man mir? Nie. Immer es heißt nur: ›Verschwende nicht deine Zeit, Tash. Kauf einfach neu.‹ Ich sag dir, Khalil, die Leute hier sind verrückt. Niemand macht irgendwas heil. Reifen platt, Kühlschrank, Computer kaputt? Kauf neu.«

»Nicht so wie zu Hause, was?«

Er grinst. »Nein, gar nicht. Besser. Viel besser. Hier bestellst du Ersatzteil, kein Problem. In zwei Tagen ist da. Du hast Job. Wohnung. Zweihundert Programme im Fernsehen. Wenn du in Supermarkt gehst, ist immer Essen im Regal. Wenn du krank bist, es gibt Arzt. Und das Beste? Die Leute bringen sich nicht gegenseitig um.«

Tash war genau wie meine Eltern Mitte zwanzig, als die Moslems in ihrer Heimat massakriert wurden. Dad entkam mitten in der Nacht mit Mom und Amir, der gerade ein Jahr alt war. Sie hatten Glück. Mehr als 8000 muslimische Männer und Jungen wurden niedergemetzelt. Meine Eltern landeten in den USA und baten um Asyl. Sie bekamen eine »unbeschränkte Aufenthaltsgenehmigung«, schafften es aber nie, die Staatsbürgerschaft zu beantragen, weil ihr Englisch zu schlecht und der Papierkram zu kompliziert für sie war. Außerdem spielte es keine große Rolle. Als Asylbewerber konnten sie so lange bleiben, wie sie wollten.

Tashs braune Gebetsperlen liegen wie ein kleiner Haufen auf dem Arbeitstisch, der Gebetsteppich steht zusammengerollt in der Ecke. An die Wand gemalt ist ein grüner Qibla-Pfeil. Die meisten Leute wissen nicht, dass er die Richtung anzeigt, in der man nach Mekka betet.

»Vielleicht bringen sie *hier* niemanden um, aber was ist mit drüben?«, frage ich.

Tashs Grinsen verblasst. Er weiß, was ich meine. Als Moslem in Amerika weiß man das. Mit gedämpfter Stimme erwidert er: »Der Koran sagt, Friedlichkeit ist stärker als Waffen. ›Die auf Allah hörten … nachdem sie eine Niederlage erlitten hatten, die Gutes taten und gottesfürchtig waren, für die ist großer Lohn bestimmt.‹«

Wir alle wissen, was der Koran sagt. Meine Familie hat vielleicht nicht regelmäßig gebetet und ist nicht oft in die Moschee gegangen, aber das sind die Zitate, über die beim Essen und bei starkem schwarzem Tee gestritten wird, dort, wo man unter sich ist und die Ungläubigen einen nicht hören.

»Der Koran sagt auch: ›Die Erlaubnis, sich zu verteidigen, ist denen gegeben, die bekämpft werden, weil ihnen Unrecht geschah‹«, erinnere ich ihn. »Wie lange führt dieses Land schon Krieg gegen die Moslems, offen oder heimlich?«

Tash runzelt die breite Stirn und sieht mich mit gequälter Miene an. »Wissen deine Eltern, dass du so redest?«

»Sie haben genauso geredet … Manchmal. Und du auch.«

Tash sammelt seine Gebetsperlen auf und rollt sie in der Hand. »Du solltest mit dem Imam sprechen. Morgen Abend, zum Maghrib-Gebet. Dein Bruder ist auch da. Komm mit ihm. Versprochen?«

In die Moschee gehen, ist so ziemlich das Letzte, wozu ich an einem Freitagabend Lust habe.

Tash sieht mir meinen Widerwillen offenbar an. »Denk daran, was deine Eltern durchgemacht haben, um herzukommen, Khalil.«

Sie waren aus Bosnien nach Italien geflohen und hätten auch dort bleiben können, aber Amerika war das Land der unbegrenzten Möglichkeiten, das Schlaraffenland, in dem ich zur Welt kommen und dessen Staatsbürger ich werden sollte.

»Okay, Tash, wenn es dir so viel bedeutet, verspreche ich es.«

Die Glocke läutet. Zeit fürs Mittagessen. Als ich nach meinem Rucksack greife, packt mich Tash mit seiner kräftigen Hand am Arm. »Denk nicht, dass ich richtig finde, was Amerika dort macht. Kein Moslem tut das. Aber was ist besser, Khalil? Hier leben oder dort sterben?«

[8]

Wenn man die Abkürzung durch den Bandraum nimmt, kommt man direkt vom Verwaltungsbereich in die Cafeteria, ohne lange durch die Flure laufen zu müssen, wo man mich erwischen kann.

Als ich mich an unseren Tisch setze, blinzelt Vitaly mich durch seine Brille überrascht an. »Ich glaub, ich seh nicht richtig.«

»Ich muss die Arbeit nachschreiben, falls du dich erinnerst.«

»Ich dachte, du hättest nicht gelernt.«

»Stimmt, diesmal weiß ich aber, welche Antworten falsch sind.«

Vitaly putzt sich die Brille mit dem Zipfel seines hellblauen Oxford-Shirts, das seine Mutter für ihn ausgesucht hat. Bevor er nachher nach Hause geht, wird er die Krawatte wieder umbinden, die er heute Morgen beim Aus-dem-Haus-Gehen getragen hat. Vor sich hat er eine Tupperdose mit Djepelgesch, eine Thermoskanne schwarzen Tee und ein paar in Frischhaltefolie eingewickelte Karotten. Ich nehme mir etwas Djepelgesch. Selbst kalt schmecken die Kartoffelfladen mit Zwiebeln und Butter köstlich.

Vitaly setzt die Brille wieder auf. »Und warum konntest du nicht lernen, als ich dir geschrieben habe?«

»Ist was dazwischengekommen.«

»Um halb sechs Uhr morgens?«

Ich zucke mit den Schultern und trinke einen Schluck von seinem starken, süßen Tee.

Vitaly wird ernst. »Bro, du musst deinen Abschluss machen. Das ist Teil des Plans.«

»Welcher Plan?«, frage ich. »Sportmanagement? Cupcakes verkaufen? Verlorene Socken ersetzen? Ich hab den Überblick verloren.«

»Wir studieren. Ich Informatik, du Marketing. Wir starten die Firma über ein Crowdfunding. Ich bin Back Office, du Front Office.«

»Sag noch mal, was das bedeutet.«

»Ich bin der Kopf, du das Gesicht.«

»Warum kann ich nicht der Kopf sein?«

»Könntest du, aber wer soll dann das Gesicht sein? Ich? Dann können wir den Laden gleich zumachen.«

Kennt ihr das, wenn jemand wie eine Klette an einem hängt? Und immer wenn man sich umdreht, ist er da? Anfangs denkt man noch: »Wer ist der Typ? Lass mich in Ruhe.« Es wäre nicht ganz falsch, Vitaly als kleinen Gnom zu bezeichnen. Und mit seinen Zähnen sieht er aus wie eine Ratte. Man ist also erst mal skeptisch. Aber nach einer Weile stellt man fest, dass er ein wirklich guter Typ ist, lustig, voller Energie und Fantasie – und hilfsbereit. Außerdem ist er Moslem, und seine Eltern sind Einwanderer, genau wie meine. Dass er sich »an mich gehängt« hat, gehört zu den positiven Dingen, die mir an dieser Schule widerfahren sind.

»Was muss das Gesicht machen?«, frage ich.

»All das, worin du gut bist. Mit den Leuten reden. Deinen Charme spielen lassen. So sein, dass sie dich mögen und unser Produkt kaufen.«

»Wir haben ein Produkt?«

Vitaly sieht mich verwundert an. Er beugt sich vor und flüstert mir ins Ohr, nur für den Fall, dass sich Industriespione in der Cafeteria rumtreiben. »Die RumMach-App. Auf der kannst du sehen, wo der Rest der Familie ist, damit sie dich nicht erwischen, wenn du zu Hause auf dem Sofa rummachst.«

Das ist zwar lustig, aber irgendwie auch traurig. Wenn es eine App gäbe, die Vitaly gern benutzen würde …

»Weißt du, dass ein Typ seine App für dreißig Millionen an Yahoo verkauft hat?«, fährt Vitaly aufgeregt fort. »Dreißig Millionen! Eine einzige App, und wir haben ausgesorgt!«

Das hat mein Vater immer über Amerika gesagt, als ich noch ganz klein war. Jetzt wo Mom und er hier seien, hätten sie bald »ausgesorgt«. Aber mit den Jahren änderte er seine Meinung. Es lief nicht alles so, wie er sich das vorgestellt hatte. Die ersehnte Freiheit gab es zwar, aber auch Vorurteile gegenüber Menschen, die ausländisch aussahen und einen Akzent hatten. Es gab zwar unbegrenzte Möglichkeiten, aber dafür brauchte man eine gute Ausbildung. Es gab auch Erwachsenenbildung, aber wenn man den ganzen Tag arbeitete und zwei kleine Kinder zu Hause hatte, woher sollte man dann noch die Zeit und die Kraft dafür nehmen? Trotzdem sagten meine Eltern, für Amir und mich sei es besser hier. Und so lange sie da waren und auf uns aufpassten, stimmte das wohl auch. Aber irgendwann wurden Dads Eltern alt und krank und hatten niemanden, der sich um sie kümmerte. Und Moms Schwester wurde Witwe, mit drei kleinen Kindern. Meine Eltern hatten keine Wahl, sie mussten uns allein lassen und zurück in ihre Heimat gehen. Aber das darf kein Außenstehender wissen.

***

Angie kommt mit einem Tablett von der Essensausgabe. Falls jemand das Bild *Das Mädchen mit dem Perlenohrring* kennt, Angie ist das Mädchen mit den leuchtend gelben Ohrstöpseln und dem Diamant-Nasenstecker. Sie hat mir das Bild mal in einem Buch gezeigt und mich gefragt, ob ich fände, dass sie so aussehe, das hätte man ihr nämlich schon öfter gesagt. Ich antwortete, sie sähe dem Mädchen ein bisschen ähnlich, sei aber hübscher. Außerdem trägt das Mädchen auf dem Bild ein Kopftuch (nein, es sieht nicht muslimisch aus), man weiß daher nicht, ob seine Haare auch so lang, glatt und hellbraun sind wie Angies. Und es ist ein Porträt, man sieht also den Körper nicht.

Angie hat die Cafeteria halb durchquert, als unsere Blicke sich begegnen und sie lächelt. Ihr Lächeln wärmt mich von innen, egal, wie kalt es draußen ist.

Wenn Vitaly zu den positiven Dingen gehört, die mir hier passiert sind, was ist dann wohl Angie?

[9]

»Hallo?« Vitaly schnippt mit den Fingern vor meinem Gesicht. »Hast du irgendwas davon mitbekommen, was ich gerade gesagt habe?«

Ich schätze, nein. Seitdem Angie auf uns zukommt, hab ich nicht mal gemerkt, dass er mit mir geredet hat.

»Wir könnten mit fünfundzwanzig Milliardäre sein«, sagt er.

»Reicht nicht Millionäre?«, frage ich und muss grinsen.

»Milliardäre!«, wiederholt Vitaly, und als Angie sich neben ihn setzt, fügt er hinzu: »Das passiert jeden Tag. Stimmt's?«

»Ständig, Vit«, sagt sie und schiebt das Tablett in meine Richtung. Angie trägt Leder- und Perlenarmbänder um beide Handgelenke. Dazu haufenweise silberne Ringe an den Fingern.

»Siehst du?«, sagt Vitaly.

»Sie hat keine Ahnung, wovon du redest.« Ich nehme ein Stück Pizza von Angies Tablett und beiße hungrig hinein.

»Echt?« Vitaly sieht Angie enttäuscht an.

»Ist egal, Vit«, sagt sie. »Du hast auf jeden Fall Recht.«

Vitaly schmollt. Angie und ich lächeln uns an. Damals war mir das nicht bewusst, aber als sie an dem Abend, als wir uns kennenlernten, an meiner Cola-Rum nippte, war es das erste Mal, dass sie auf einer Party Alkohol trank. Sie war gerade erst fünfzehn geworden. Ich hatte sie älter geschätzt.

»Ich wünschte, ich hätte eine Freundin, die mir Mittagessen kauft«, grummelt Vitaly.

»Deine Mutter macht dir doch immer was«, sagt Angie. »Sie muss ja auch nicht wie Kals Mom um vier Uhr morgens aufstehen, um zur Arbeit zu gehen.«

Vitaly und ich wechseln Blicke. Er hütet sich, darauf zu antworten, und klopft stattdessen mit den Fingern auf den Tisch. »Wo ist dein Chemiebuch?«

»Ich komm schon klar.«

»Weil du einmal durchgefallen bist, meinst du, du weißt, welche Antworten falsch sind?« Vitaly rollt mit den Augen. »Ich kann's immer noch nicht fassen, dass du Ms Davis dazu gebracht hast, dir eine zweite Chance zu geben.«

Angie kneift die Lippen zusammen und sieht mich böse an. »Du hast versprochen zu lernen, Kal.«

»Mir ist was dazwischengekommen.« Wieder werfe ich Vitaly einen Blick zu, damit er nicht auf die Idee kommt, näher auf seine Nachricht von heute Morgen einzugehen.

»Sollen wir einen Übungstest machen?«, schlägt Angie vor.

Ich schiebe das Chemiebuch über den Tisch. Vitaly blättert darin und liest dann vor: »Kreuze an, welches Ergebnis bei der folgenden Reaktion entsteht.« Er dreht das Buch um und zeigt auf die Aufgabe. $Na + Cl_2$.

Ich gehe die Möglichkeiten durch. »D?«

»B. Es entsteht NaCl. Auch Salz genannt. Jetzt kommt der zweiter Teil der Frage: Warum entsteht dabei NaCl und nicht $NaCP_2$?«

Ich glaube, das weiß ich ungefähr. »Das hat was mit den Elektronen zu tun, oder?«

Vitaly schlägt sich theatralisch auf die Stirn. »Und was genau, Einstein?«

Ich zucke mit den Achseln. Keine Ahnung.

»$NaCl_2$ wäre negativ geladen. Die Verbindung wäre unstabil.«

»Also *hat* es was mit Elektronen zu tun«, betone ich.

»Ja, genau wie Darth Vaders Laserschwert, aber dafür kriegst du keine Punkte.« Vitaly trommelt nachdenklich auf der aufgeschlagenen Seite. »Kannst du ganz klein schreiben?«, fragt er Angie.

»Ziemlich. Warum?«

***

Vitaly hat eine Handvoll dicke Gummibänder dabei. Gelbe, rote, orange. So wie die Dinger, die manche Kids am Arm tragen, nur ein bisschen dünner und elastischer. Er zieht eins auf dem Tisch lang, und Angie schreibt die Lösungen drauf.

»Nur dieses eine Mal«, warnt sie uns. »Ich unterstütze keine Betrüger.«

Vitaly zuckt zusammen. »Das ist kein Betrug. Das ist … ein Aufschub. Für die Abschlussprüfung muss er dann sowieso noch mal alles lernen.«

Angie hat die Lippen fest zusammengepresst. Sie scheint anderer Meinung zu sein. Als sie fertig ist, lässt Vitaly das Gummiband los. Die Schrift zieht sich zusammen und sieht aus wie eine harmlose Verzierung. Sie nehmen sich das nächste Gummiband vor. Währenddessen nehme ich mir das zweite Stück Pizza vor.

***

Letzten Sommer saß ich eines Tages auf dem Sofa und hörte Musik, als plötzlich Amir reingestürmt kam und die Tür hinter sich zuschlug. Wir wohnten zu der Zeit noch in der South Charles Street, wo wir auch mit Mom und Dad lebten, bevor sie nach Bosnien zurückgingen. Es war eine kleine Wohnung im vierten Stock in einem Apartmentblock ohne Fahrstuhl, aber immerhin mit Tageslicht und Heizung.

Amir kam auf mich zu, riss mir die Kopfhörer weg, hielt sie sich kurz an die Ohren und schleuderte sie dann quer durchs Zimmer. »Warum hörst du diesen Harām-Scheiß? Das ist Musik mit verbotenen Instrumenten!«

Ich war schockiert. Ich wusste, dass er in letzter Zeit freitags immer in die Moschee ging, nahm aber an, es sei seine Art, damit umzugehen, dass unsere Eltern weg waren. Ich ging nicht davon aus, dass er sich deswegen ernsthaft an den Islam halten wollte.

»Was ist los mit dir?«

Er zog einen offiziell aussehenden Brief aus der Tasche und ließ ihn auf meinen Schoß fallen. Er war vom Ministerium für Innere Sicherheit:

> Sehr geehrter Mr Yasin,
> hiermit teilen wir Ihnen mit, dass Ihr Aufenthalt in den USA von der Einwanderungsbehörde als gesetzeswidrig eingestuft wurde. Ihre Ausreise aus den USA ist für den 14. August festgelegt. Sie werden aufgefordert, sich um 04:00 selbigen Tages bei der …

Mein Bruder lief im Zimmer auf und ab und ballte die Fäuste.

»Warum?«, fragte ich.

»Ladendiebstahl.« Er war im Winter in einem Walmart-Markt verhaftet worden. Dad hatte die Kaution hinterlegt, und ein paar Monate später hatte Amir sich vor Gericht schuldig bekannt und eine Geldstrafe gezahlt.

»Ich dachte, die Sache sei erledigt«, sagte ich.

»Das dachte ich auch! Aber im Gegensatz zu dir bin ich nicht hier geboren und deswegen kein amerikanischer Staatsbürger. Ich hab nur eine unbeschränkte Aufenthaltsgenehmigung.« Er nahm mir den Brief wieder ab. »*Mich* können sie also abschieben.«

»Du kannst doch Widerspruch einlegen.«

»Mit einem Anwalt? Und woher nehme ich das Geld?«

Vor ihrer Abreise hatten unsere Eltern die Miete ein halbes Jahr im Voraus bezahlt, damit wir solange weiter dort wohnen konnten. Sie versprachen, Geld zu schicken, sobald sie sich zu Hause wieder eingelebt und Arbeit gefunden hatten.

Amir knüllte den Brief zusammen und warf ihn in die Ecke. »Wir müssen hier weg. Pack deine Sachen.«

»Was ist mit der Miete, die Mom und Dad bezahlt haben?«

»Kannst ja versuchen, sie wiederzubekommen.«

Wir machten uns aus dem Staub und zogen in die Souterrainwohnung der Zents, ohne jemandem Bescheid zu sagen oder eine Adresse zu hinterlassen, damit die Fahnder der Einwanderungsbehörde uns nicht finden konnten. Um der Polizei so weit wie möglich aus dem Weg zu gehen, fährt Amir nicht mehr Auto. Wegen irgendwelchen Papierkrams müssen wir uns keine Sorgen machen, da der Autoverleih, wo er als Mechaniker arbeitet, ihn in bar bezahlt, und wir die Miete an Mr Zent ebenfalls bar zahlen, genauso wie die Telefon- und Internetrechnung. Wir haben weder Kreditkarten noch ein Girokonto. Wenn wir krank sind, gibt es eine Klinik, in die wir gehen können, aber wir waren noch nie da. Für mich als amerikanischen Staatsbürger gäbe es außerdem Hilfsdienste, an die ich mich wenden könnte, aber das wäre mit Hausbesuchen und Lebenslaufprüfungen verbunden, und die Gefahr, dass Amir dabei auffliegt, ist zu groß.

Ich kann also verstehen, wenn Angie sagt, sie unterstütze keine Betrüger. Nur dass sie, was das betrifft, keinen blassen Schimmer hat.

[10]

Während ich mir das letzte sorgfältig beschriebene Gummiband über den Arm ziehe, stößt Tyler Roberts zu uns. Tyler ist Angies bester Freund und ein Jahr älter als sie. Er wohnt quasi schon immer direkt gegenüber von ihr.

»Na, was für eine Überraschung.« Er setzt sich. »My Man Stan, auch mal wieder in der Schule?«

»Leck mich!«, erwidere ich. Das gehört zu unserem üblichen Schlagabtausch. Wir mögen uns nicht. Das Einzige, was uns verbindet, ist Angie. Diesbezüglich herrscht Waffenruhe, noch jedenfalls.

»Aus welchem Stan kommst du noch mal, Stan? Afghanistan? Kasachstan? Tadschikistan? Oder war es Usbekistan? Ich vergess das immer.«

»Das Land heißt ›Ich ertrag deinen GeSTANk nicht‹.«

Angie grinst, und Vitaly macht große Augen, weil ich es

wage, Tyler zu provozieren, der beliebt ist und athletisch und hundert Prozent Amerikaner – alles, was Vitaly gern wäre.

Aber selbst Mr America nickt anerkennend. Er wacht wie ein Schießhund über Angie. Sie sagt, ich soll das nicht ernst nehmen, er sei schon immer so gewesen. Irgendwie habe ich das Gefühl, dass Tyler sich im Grunde wünscht, er wäre mit ihr zusammen, aber als ich sie mal darauf angesprochen habe, meinte sie, er sei viel zu eitel für sie. Ich schätze, er ist gerade mal eins siebzig groß, stemmt aber dauernd im Studio Gewichte, und selbst an einem Wintertag wie heute kommt er im T-Shirt zur Schule und krempelt extra die Ärmel hoch, damit man seinen klar definierten Bizeps sieht.

»Zeig ihm deine Gummibänder«, drängt mich Vitaly, der offenbar glaubt, Tyler damit zu beeindrucken und sich vielleicht sogar Zutritt zu den angesagten Kreisen verschaffen zu können.

Ich dehne eines der Gummibänder. Tyler beugt sich weit genug vor, um Angies winzige Schrift sehen zu können. »Cooles Ding, Stan«, erklärt er sarkastisch. »So kommst du bestimmt weiter im Leben.« Er wendet sich an Vitaly. »Also, immer wenn er etwas nicht weiß, muss er nur das Gummiband lang ziehen, ja?«

Vitaly bebt fast vor Aufregung. Tyler hat ihn etwas gefragt! Statt ihm direkt zu antworten, sagt er zu mir: »Sobald du sitzt, fängst du an, mit den Dingern zu spielen, als wärst du nervös. Wenn du schon vor der Arbeit damit anfängst, wird Ms Davis später keinen Verdacht schöpfen.«

»Wie wär's denn damit?«, schaltet Tyler sich grinsend ein. »Statt so viel Energie darauf zu verwenden, sich neue Schummeltricks auszudenken, könnte man es doch auch mal mit Lernen versuchen. Verrückte Idee, was?«

»Tyler«, ermahnt Angie ihn.

»Ähem.« Vitaly räuspert sich und wirft einen Blick über meine Schulter. Als ich mich umdrehe, sehe ich Ms Appleby, die stellvertretende Schulleiterin, auf unseren Tisch zumarschieren.

Ihr Blick ist direkt auf mich gerichtet.

***

»Du hast die Abwesenheitsmarke überschritten, Khalil«, sagt Ms Appleby mit Blick auf ihren Computer. »Mit dem heutigen Tag bist du offiziell ein chronischer Schulschwänzer.«

Es ist Ms Applebys erstes Jahr als stellvertretende Direktorin, sie wirkt relativ jung für den Job. Offensichtlich steht sie auf Schweine mit Flügeln. Auf ihrem Schreibtisch stehen ein Briefbeschwerer, eine Schneekugel, Stift und Bleistifthalter und ein Sparschwein. Alles Schweine mit Flügeln.

Sie sieht mich aus ihren blassgrünen Augen an. »Also, was ist los?«

»Ich war hier, aber ich musste auf Toilette. Dann hat es geklingelt, also bin ich direkt in die Klasse gegangen.«

Ms Appleby zieht eine Augenbraue hoch, der Ich-weiß-dass-du-lügst-auch-wenn-ich-es-nicht-beweisen-kann-Blick.

»Und inwiefern erklärt das die anderen zehn Tage, die du in diesem Jahr gefehlt hast?« Sie schaut wieder auf ihren Computer. »Wie ich sehe, haben wir mehrmals versucht, deine Eltern zu erreichen.«

»Die arbeiten dauernd. Sie haben beide mehrere Jobs.«

Ms Appleby nickt, diesmal wirkt sie nicht misstrauisch. Nimmt sie mir das etwa ab, weil es an der Schule viele Kids gibt, deren Eltern mehr als einen Job haben? Sie runzelt die Stirn. »Wir haben versucht anzurufen, aber das Telefon scheint abgemeldet zu sein.«

»Ah, versuchen Sie's mal unter dieser Nummer.« Ich gebe ihr Amirs Handynummer. Ich muss ihm sagen, dass er sich als Dad ausgeben soll.

Ms Appleby schreibt sie auf. »Das werde ich. Du hast aber meine Frage noch nicht beantwortet. Warum hast du so oft gefehlt?«

Ich sage ihr die Wahrheit. Dass es mir schwerfällt, morgens aufzustehen. Und wenn ich es dann endlich geschafft habe, bin ich schon zu spät dran und will nicht ins Schulbüro, weil ich keine Entschuldigung habe und weiß, dass sie mir die Hölle heißmachen. Also gehe ich lieber erst gar nicht hin.

Ms Appleby dreht die Schneekugel um. Die weißen Flocken erinnern mich daran, dass ich vor sechs Stunden in einem gestohlenen Auto saß, das hinten vom Gewicht eines gestohlenen Geldautomaten heruntergedrückt wurde. »Deine Eltern stehen früh auf, weil sie zur Arbeit müssen, Khalil. Muss ich dich daran erinnern, was deine Arbeit ist?«

»Zur Schule gehen.«

»Ganz genau.« Sie tippt etwas, dann huscht ihr Blick über den Bildschirm. Sie zieht die Augenbrauen hoch. »Wusstest du, dass du bei achtundneunzig Prozent liegst?«

Ich zucke kurz mit den Schultern und muss an den Tag damals in der Vorschule denken, als Mom die Testergebnisse bekam. Amir und ich spielten im Wohnzimmer mit Lego. Mom telefonierte in der Küche und schwärmte ihren Freundinnen vor, wie klug ich sei. Amir fing an, mich mit Legosteinen zu bewerfen, bis ich weinte.

Ms Appleby beugt sich zu mir rüber. Sie wirkt plötzlich ganz ernst. »Was, glaubst du, was passiert, wenn deine Eltern so oft bei der Arbeit fehlen wie du in der Schule?«

»Dann verlieren sie ihren Job. Aber jetzt mal ernsthaft, Ms Appleby, solange ich gute Noten habe, erledige ich doch meine Arbeit, oder? Wenn ich dafür nicht jeden Tag hier sein muss, was macht das schon?«

Ms Appleby lehnt sich in ihrem Stuhl zurück und dreht die Schneekugel hin und her. »Nicht jeder ist so klug wie du, Khalil. Manche Schüler müssen jeden Tag hier sein, um zu lernen, und da können wir keine Ausnahmen machen. Aber du bringst mich auf eine Idee. Betrachten wir es doch mal so: Wenn du bei so vielen Fehlstunden einen Durchschnitt von A minus hast, wie gut wärst du dann erst, wenn du *nicht* fehlen würdest?«

Ich muss nicht besser werden. Mit einem A-Durchschnitt komme ich locker ans College und kann Wirtschaft studieren und das Gesicht unserer RumMach-App-Firma werden, die uns laut Vitaly mit fünfundzwanzig zu Milliardären macht.

Ms Appleby stellt ihre Schneekugel auf den Schreibtisch. Die weißen Flocken rieseln auf das rosa Schweinchen.

»Warum die ganzen Schweine mit Flügeln?«, frage ich.

Sie hebt den Kopf und kneift die Augen zusammen. »Kennst du das Sprichwort nicht?«

Ich strenge meine Gehirnzellen an und erinnere mich vage an einen Spruch, den ich mal gehört habe, über dessen Bedeutung ich mir allerdings nie Gedanken gemacht habe. Auch wenn ich schon seit meiner Geburt in Amerika lebe, manche Redewendungen bleiben einem immer ein Rätsel. Vor allem, wenn sie mit Schweinen zu tun haben – bei Moslems kein sehr beliebtes Gesprächsthema.

»›Wenn Schweine fliegen können‹ bedeutet, dass etwas nie eintreten wird.« Ms Appleby macht eine kurze Pause und lächelt dann. »Zum Beispiel, Khalil, wenn jemand sagt, man könne dich unmöglich dazu bringen, jeden Tag zur Schule zu kommen. Aber ich denke, der Versuch lohnt sich. Ich möchte dich etwas fragen. Fällt es dir so schwer, morgens aufzustehen, weil du abends so lange am Computer sitzt und mit deinen Freunden chattest?«

(Ich muss ihr ja nicht sagen, dass ich gar keinen Computer besitze. Wenn ich einen brauche, gehe ich zu Amir oder in die Bibliothek.) »Da bin ich bestimmt nicht der Einzige.«

Ihr Lächeln verblasst. »Ich kann dir nur raten, was ich jedem rate. Von jetzt an stellst du eine Stunde vor dem Schlafengehen alle Bildschirme aus. Dann weiß dein Gehirn, dass bald Schlafenszeit ist. Du musst nicht die ganze Nacht mit deinen Freunden chatten, wenn du sie sowieso am nächsten Tag siehst.«

Ich nicke, obwohl ich – und mit Sicherheit auch jeder andere, dem sie das erzählt – denke, dass sie totalen Müll redet. Zu sagen, wir bräuchten abends nicht chatten, ist dasselbe wie zu sagen, wir bräuchten keine Freunde oder sozialen Kontakte. Ich bin natürlich nicht in der Position, ihr zu widersprechen. »Sie haben Recht, Ms Appleby. Es ist wirklich idiotisch. Ich seh sie ja sowieso morgens wieder.«

Wir verabreden, dass ich von nun an jeden Abend um zehn den Computer, den ich nicht besitze, und mein Handy ausschalte. Mir fällt eine Last von den Schultern. Scheint so, als würde der Besuch bei Ms Appleby nicht so schlimm wie befürchtet.

»Du wirst sehen, was das ausmacht, Khalil.« Ms Appleby lächelt wieder, als hätte sie einen Erfolg erzielt, einen Durchbruch. Von jetzt an wird Khalil pünktlich zur Schule kommen!

Wenn Schweine fliegen.

***

Raus aus dem Büro und rüber auf die andere Seite des Gebäudes, um die Arbeit nachzuschreiben (zum Glück hat Detective Appleby nicht bemerkt, dass ich dieses Halbjahr Chemie verhauen habe). Durch das Gedränge im Korridor kommt mir Tyler entgegen, einen Gurt von seinem Rucksack über der Schulter und ein paar Ringbücher unter dem nackten muskulösen Arm. Was hat der um diese Uhrzeit hier zu suchen? Und warum will er mir fünf geben? Das hat er noch nie getan, außer wenn Angie dabei ist und er sich mit ihr gutstellen will.

»Hau rein, Meister«, sagt er, als wir einklatschen.

Dann ist er weg, einer von zig Rücken, die den Gang hinunterströmen.

Das Klassenzimmer ist leer, bis auf Ms Davis und mich. Sie sitzt am Computer an ihrem Pult und ich sitze in der ersten Reihe, fummele an meinen Gummibändern herum und lese mir die erste Frage durch:

> Wenn ein Gas gekühlt wird, kondensiert es zu einer Flüssigkeit. Wie lassen sich die Moleküle des ursprünglichen Gases mit denen der Flüssigkeit vergleichen?
>
> A. Die Moleküle sind im gasförmigen Zustand größer als im flüssigen.
> B. Die Moleküle wiegen im gasförmigen Zustand weniger als im flüssigen.
> C. Die Moleküle bewegen sich im gasförmigen Zustand schneller als im flüssigen.
> D. Die Moleküle sind im gasförmigen Zustand dichter beieinander als im flüssigen.

Die Antwort muss B oder C lauten. Ich warte, bis Ms Davis abgelenkt wirkt, ziehe eines der Bänder lang und gucke, ob dort etwas über Flüssigkeiten und Gase steht.

»Mr Yasin?«

Ich sehe hoch und blicke direkt in Ms Davis' Augen.

»Würde es Ihnen etwas ausmachen, die Gummibänder in den Mülleimer zu werfen?«

[11]

Vitaly und Angie warten im Flur auf mich. Ich strecke den Daumen nach oben. Angie freut sich und drückt meine Hand. Selbst ohne die Gummibänder müsste ich mich ganz gut geschlagen haben. Und wenn nicht, was soll's? Wie Vitaly schon sagte, mir bleibt ja noch genug Zeit bis zur Abschlussprüfung.

Vitaly muss zu seinem nächsten Kurs: »Einführung in das Unternehmertum«, Angie und ich haben eine Freistunde. Wir wollen in die Bibliothek, aber als wir am Aufenthaltsraum vorbeikommen, stehen Tyler und ein paar Typen dicht gedrängt um ein Tablet und kichern. Tyler entdeckt Angie und winkt uns heran. »Das müsst ihr euch angucken. Ihr lacht euch tot.«

Angie und ich gehen hin und schauen ihnen über die Schulter.

Es ist ein Ausschnitt aus einer Lokalnachrichtensendung, den jemand auf YouTube gepostet hat. Ein Sprecher berichtet vom Diebstahl eines Geldautomaten in der Nacht zuvor. Darunter läuft ein Text: GELDAUTOMATEN-DIEBSTAHL WIRD FÜR LOSER-EINBRECHER FAST ZUM RIESEN-REINFALL.

Mein Herz pocht, mir bricht der kalte Schweiß aus. Auf dem Bildschirm erscheint der Mitschnitt einer Überwachungskamera in einem Kiosk. Oben die gläserne Eingangstür, rechts der Verkaufstresen, die Kasse, der Spielautomat mit den bunten Lichtern und die Süßigkeitengestelle. Links Regale mit Snacks und der Geldautomat.

Ein paar Sekunden lang passiert nichts. Im Laden ist es leer und ruhig. Dann kracht wie aus dem Nichts ein Wagen rückwärts durch die Tür. Auf dem Video ist nichts zu hören, aber ich erinnere mich noch gut an den lauten Knall. Es regnet Glasscherben und Metall.

Die Jungs im Aufenthaltsraum johlen. »Wow!«, »Verrückt!«

Ich spüre einen Schmerz in der Brust. Ich merke, dass ich aufgehört habe zu atmen, und muss mich zwingen, Luft zu holen.

Das Wagenheck ragt in den Laden. Der Boden ist mit Glas und Trümmern übersät. Zwei maskierte Gestalten (Amir und ich) kommen von hinten hereingehuscht. Als Amir auf den Scherben ausrutscht und auf dem Hintern landet, lachen alle.

Währenddessen sieht man draußen, wie ein dritter Maskierter (Marat) in einer unförmigen Jacke aus dem Auto steigt und versucht, sich in den Laden zu quetschen. Aber zwischen Auto und Türrahmen ist nicht genug Platz.

Amir hatte Marat angebrüllt, er solle wieder einsteigen und ein Stück vorfahren.

»Jetzt passt auf«, freut sich Tyler.

Marat steigt wieder ein, aber statt den Wagen vorwärts zu bewegen, fährt er aus Versehen rückwärts und drückt Amir gegen ein Regal mit Trockenfleisch und Chips. Auch ohne Ton sieht man meinen Bruder hektisch mit den Armen rudern und brüllen.

Wieder erklingt schallendes Gelächter. »Oh, Mann, was für ein Idiot!«

Auf dem Bildschirm legt Marat den Gang ein und manövriert den Wagen hinaus. Ich werfe Angie einen flüchtigen Blick zu. Falls ihr irgendetwas an den maskierten Gestalten bekannt vorkommt, lässt sie es sich jedenfalls nicht anmerken.

Auf dem Tablet ist jetzt wieder der Sprecher im Studio zu sehen. »Was die Einbrecher an Intelligenz vermissen ließen, machten sie mit sturer Entschlossenheit wett. Als sie feststellten, dass der Geldautomat nicht so leicht zu öffnen war, nahmen sie ihn einfach mit.«

Schnitt zurück auf das Überwachungsvideo und die beiden Maskierten (Amir und Marat), die vor dem Geldautomaten hocken, während ein dritter (ich) dahinter steht und zusieht. Mir zieht sich der Magen zusammen. Auf dem Video trage ich einen olivgrünen Parka, die Kapuze mit Fellkragen hängt hinten runter. Derselbe Parka steckt in diesem Moment in meinem Rucksack. Ich drehe mich um und sehe wieder zu Angie rüber. Wie kann es sein, dass ihr das nicht auffällt?

Jetzt ist Amir zu sehen, der eine Kette um den Geldautomaten wickelt und nach draußen winkt. Die Kette spannt sich, als der Wagen ein Stück vorsetzt. Aber statt aus seiner Verankerung im Boden gerissen zu werden, neigt der Automat sich nur zur Seite, bis die Kette abrutscht. Zwei der Einbrecher (Amir und ich) fangen an, das Gerät hin und her zu ruckeln. Marat kommt dazu. Endlich brechen die Bolzen, und der Automat fällt um und direkt auf Marats Fuß. Mit schmerzverzerrtem Gesicht hüpft er davon.

Alle brechen in Gelächter aus.

Das Geräusch, wie das Ding auf Marats Fuß fiel, habe ich noch genau im Ohr. Ich war sicher, dass mindestens ein Knochen gebrochen ist. Aber kurz nachdem er schreiend weggehüpft war, kam Marat wieder zurück und meinte, es sei alles okay.

Mittlerweile hat das Gejohle noch mehr Neugierige angelockt. Circa ein Dutzend Kids drängen sich hinter uns, um einen Blick auf das witzige Versager-Video auf YouTube zu erhaschen. Allmählich packt mich die kalte Wut. Keiner dieser Jugendlichen lebt in einer eiskalten Kellerwohnung mit einem Vermieter, der droht, die Immigrationsbehörde zu alarmieren, wenn man Ärger macht. Keiner von denen ist selbst für Essen oder Wäsche verantwortlich, weil seine Eltern sich am anderen Ende der Welt um ihre kranken, bedürftigen Verwandten kümmern müssen. Keiner von denen lebt mit einem ständigen Gefühl der Zerrissenheit – in diesem verrückten, großartigen Land, in dem die Menschen sich einerseits sicher fühlen können, genug zu essen und Arbeit haben und wo andererseits jede verschleierte muslimische Frau und jeder muslimische Mann mit Bart und Gebetskappe für einen potenziellen Terroristen gehalten wird.

Aber Wut ist jetzt nicht angebracht, viel mehr sollte ich mir Sorgen machen, ob einer von denen mich erkennt. Ihr Gelächter braucht mich nicht zu interessieren. Tut es aber … weil einfach keiner von denen eine Ahnung hat, wie es ist, oft zu wenig zu essen und nie genug Geld zu haben und aus einer anderen Kultur, einem anderen Land zu kommen.

Das Video läuft immer noch. Ich habe inzwischen einen Knoten im Magen, und meine Fingernägel bohren sich tief in die Handflächen. Auch wenn die drei Typen auf dem Bildschirm Sturmmasken und unförmige Jacken tragen, für mich sind sie eindeutig zu erkennen. Ich sehe noch mal zu Angie rüber. Was würde wohl passieren, wenn sie merkt, dass ich das in dem Video bin? Dieses hübsche, schlagfertige, aber auch unschuldige amerikanische Mädchen mit seinen links-liberalen Ansichten, das Schummeln bei einer Chemiearbeit für ein ernsthaftes Vergehen hält.

Amir, Marat und ich ernten erneut Lacher, als wir feststellen, dass der Geldautomat zu schwer zum Tragen ist, und versuchen, ihn durch die Lücke zu manövrieren, wo vorher die Tür war. Wir schaffen es gerade mal bis nach draußen, dann ist Schluss.

Wir zerren und drücken nach Kräften, ohne zu merken, dass das Kabel hinter uns im Türrahmen hängen geblieben ist. Auf der Überwachungskamera ist das deutlich zu erkennen, aber bei dem Stress heute Nacht hat es keiner von uns gesehen.

(Letztendlich war ich es, der irgendwann dahinterkam und das Kabel losgemacht hat.)

Das Video endet damit, dass die »Loser-Einbrecher« den Automaten mit Ach und Krach in den Kofferraum hieven, in den Wagen springen und davonsausen. Um mich herum grinsen alle gut gelaunt, nach diesem wahnsinnig lustigen Nachrichtenbeitrag, der mit Sicherheit bald millionenfach auf der ganzen Welt angeklickt wird.

[12]

Angeblich sehe ich aus wie meine Mutter und Amir wie mein Vater. Ich könne froh sein, hat man mir gesagt. Warum? Weil Mom und ich als Amerikaner »durchgehen«. Amir und Dad haben starken dunklen Bartwuchs (Dad hat sich manchmal zweimal am Tag rasiert), dichte schwarze Augenbrauen, Nasenhöcker und eine leichte Neandertalerstirn. Wenn wir zusammen unterwegs waren, starrten die Leute sie manchmal einen Tick zu lange an.

Als Amir und ich klein waren, nahm Dad uns ab und zu zum Freitagsgebet mit ins Islamische Zentrum in der Stadt. In der Benson Avenue, wo die Moschee war, spürte ich die Blicke der Menschen aus den vorbeifahrenden Autos. Dass wir westliche Kleidung trugen und unsere Gebetskappen erst drinnen aufsetzten, war egal.

Eines Sommerabends kamen wir nach dem Gebet aus der

Moschee. Es war noch hell, und wir liefen die Straße entlang, als neben uns ein Pick-up das Tempo verlangsamte. Der Fahrer hatte ein rundes, rötliches Gesicht und einen dünnen blonden Bart. Er starrte uns an und bewegte die Lippen, und auch wenn wir ihn nicht hören konnten, bin ich sicher, dass er »Kameltreiber« sagte.

***

Angie und ich gehen weiter in die Bibliothek und machen es uns in zwei Sesseln bequem. Angie klappt ihr MacBook auf und fängt an zu tippen. Das Video ist für sie in weite Ferne gerückt und nicht mehr der Rede wert, solange es niemand erwähnt. Bei mir läuft es in Dauerschleife. Wenn es in den Nachrichten war, muss die Polizei eine Kopie davon haben. Vielleicht sehen sie es sich in diesem Moment an und versuchen, die Täter zu identifizieren. Wie lange dauert es wohl, bis jemand den olivgrünen Parka mit Fellkragen erkennt?

Obwohl in meinem Kopf alles drunter und drüber geht, macht sich die Mittagsmüdigkeit bemerkbar, vor allem, da ich letzte Nacht nicht viel Schlaf bekommen habe. Ich schicke Amir eine Nachricht, dass Ms Appleby vielleicht anruft, dann lasse ich mich in den Sessel sinken und verschränke die Arme vor der Brust. Angie sieht hoch und lächelt. »Träum schön.«

Wohl kaum.

***

»Wo ist deine Jacke?«, fragt Vitaly. Die Schule ist aus, und wir laufen mit Schneeschaufeln durch die Straßen. Die Eiszapfen an den Ästen und glitzern in der Sonne, aber solange wir auf der Sonnenseite sind, fühlt es sich gar nicht so kalt an.

»Hab ich verloren.« Ich habe nur ein T-Shirt und einen Kapuzenpulli an.

»Verloren? Wo?«

»Wenn ich das wüsste, hätte ich sie ja nicht verloren, oder?« Ich weiß genau, wo meine Jacke ist – in einem Schließfach in der Turnhalle.

»Na ja, egal. Bis heute Abend hast du genug verdient, dass du dir eine neue kaufen kannst«, sagt Mr Milliardär-mit-fünfundzwanzig.

»Toll«, murmele ich.

Vitaly runzelt die Stirn. »Was hast du?«

»Ich bin nur müde.« Was stimmt, aber nicht die ganze Wahrheit ist. Amir und ich haben uns nicht mehr gesprochen, seit Marat und er mich zu Hause rausgelassen haben und danach weiter in den Wald gefahren sind, um den Geldautomaten aufzubrechen. Aber ich denke, ein bisschen was von der Beute sollte auch an mich gehen. Ich könnte also genauso gut zu Hause ein Nickerchen halten und hätte trotzdem genug Geld für eine neue Jacke.

»Von hier aus ist Fairleigh Park ein ganzes Stück näher als Brooks Ridge.« Vitaly hat seine Schneeschaufel geschultert wie ein Soldat sein Gewehr. »Da könnten wir gutes Geld machen …«

»Nein.« In Fairleigh Park wohnt Angie.

»Bro, wir können ja einen Bogen um ihr Haus machen.«

»Nein.«

»Warum willst du nicht, dass sie dich arbeiten sieht? Mit dem Geld, das du verdienst, kannst du sie mal nett ausführen. Frauen mögen das.«

»Seid wann kennst *du* dich damit aus?«

Vitaly zieht gekränkt die Schultern hoch. »Ich mein ja nur.«

Ich will nicht, dass Angie mich für ihre Nachbarn arbeiten sieht. Ich will nicht, dass Tyler mich sieht. Ich hab mich nur deswegen bereit erklärt mitzukommen, weil Vitaly immer Geld braucht und er ohne mich nie Schneeschaufeln gehen würde. Ich bin derjenige, der bei den Leuten an die Tür klopfen und sie fragen muss, ob sie ihre Auffahrt geräumt haben wollen. Vitaly entscheidet, wie viel Geld wir verlangen. Er bringt mir die Feinheiten des Geschäfts bei. Aber er wickelt es nicht selbst ab. Dafür ist er zu schüchtern und unsicher. Das ist mein Job. Das Gesicht der Firma bin ich.

Und es gibt noch einen Grund, warum ich ihn begleite. Vielleicht ist es Quatsch, aber ich will nicht nach Hause. Ich hab Angst, dass die Polizei dort auf mich wartet.

[13]

Es ist dunkel, und ich zittere. Nachdem die Sonne untergegangen ist, ist es richtig kalt geworden, aber das merke ich erst, seitdem wir mit der letzten Einfahrt fertig sind und ich mich auf den Heimweg gemacht habe. Meine tauben Füße quietschen in den nassen Socken, und vom Schaufeln tun mir die Schultern weh. Trotz Handschuhen habe ich Blasen an den Händen, und vor Müdigkeit fallen mir fast die Augen zu. Ich wünschte, ich könnte an der nächsten Haustür klingeln und die Leute fragen, ob ich mich bei ihnen auf den Fußboden legen darf.

An der Straßenlaterne biege ich um die Ecke und stelle erleichtert fest, dass kein Polizeiwagen vor unserem Haus parkt.

Von außen sieht es aus wie ein Einfamilienhaus, aber drinnen ist es in Wohnungen unterteilt, jeweils zwei in einer Etage und das Souterrain, wo Amir und ich leben. Ich schließe die

Haustür auf und stampfe den Schnee von meinen Schuhen. Dann winke ich in Richtung der Wohnung am Ende des Flurs. Dort wohnen unser Vermieter Mr Zent und seine Frau und wachen über diese fabelhafte Bruchbude. Mr Zent begegnen wir ab und zu, vor allem, wenn die Miete fällig ist oder er Amir bei der Einwanderungsbehörde melden will, weil wir die Gläser und Dosen nicht genug ausgewaschen haben, bevor wir sie in die Wertstofftonne geworfen haben. Von Mrs Zent sehen wir nur den Schatten. Wann immer jemand das Haus betritt, guckt sie durch den Türspion. Das wissen wir, weil unter der Tür Licht durch einen Spalt kommt und wir dann den Schatten ihrer Füße sehen. Manchmal sogar um ein oder zwei Uhr morgens. Wenn ich also diesen Schatten sehe, winke ich immer kurz freundlich. Ich frage mich, ob sie das wahnsinnig macht und sie sich fragt, woher ich weiß, dass sie da steht. Wahrscheinlich ist es ihr egal.

Ich gehe die Treppe hinunter ins Souterrain. Meine schmerzenden Finger sind so steif, dass ich kaum den Türknauf drehen kann.

In der Wohnung riecht es nach vergammeltem Müll, aber wenigstens ist es einigermaßen warm. In der Küche ist der Ofen an und die Ofentür auf. Blau-orange Flammen züngeln auf dem Herd, auf einer Kochstelle steht ein dampfender Wasserkessel. Warum sind wir nicht schon vorher auf die Idee gekommen, die Wohnung so zu heizen?

In der Spüle stapelt sich das verkrustete Geschirr. Amir überlässt das Saubermachen mir. Aber heute Abend bin ich zu müde für irgendetwas anderes, als Mačka eine Dose Friskies hinzustellen.

Amir sitzt am Wohnzimmertisch vor seinem Laptop. Er trägt einen alten Rollkragenpullover, den ich seit Jahren nicht mehr an ihm gesehen habe. Jacke, Mütze und Sturmmaske vom Einbruch heute Nacht liegen auf dem Sofa. Er ist komplett auf den Bildschirm fixiert und sagt nicht mal Hallo.

Ich schaue über seine Schulter. Drei bärtige Typen mit Kopfbedeckung sitzen im Schneidersitz auf dem Boden, Kalaschnikows auf dem Schoß, hinter ihnen hängt das schwarze Banner mit der Schahāda, dem islamischen Glaubensbekenntnis, und dem Siegel Mohammeds. Der in der Mitte sagt in die Kamera: »Es gibt kein Leben ohne Dschihad.«

Er spricht mit britischem Akzent, stammt also entweder aus England oder ist dort zur Schule gegangen oder hat Englisch von einem Briten gelernt. »Oh ihr, die ihr glaubt, hört auf Allah und den Gesandten. Er wählt nur die Besten dafür aus hierherzukommen. Von überall auf der Welt kommen die Menschen, um gegen Allahs Feinde zu kämpfen.«

Schnitt auf eine Gruppe von Dschihadisten mit Kalaschnikows. Dazu hört man liebliche Frauenstimmen, die Gebetslieder für Allah singen. Amir sieht mich neugierig an, als wenn er sich fragt, was gerade in mir vorgeht.

Dann wieder die Männer im Schneidersitz. Diesmal spricht ein anderer mit tieferer Stimme, sein Akzent lässt sich nicht so leicht bestimmen. »Märtyrertum auf dem Schlachtfeld bedeutet die größte Belohnung im Paradies. Seid ihr bereit, euch dafür zu opfern? Seid ihr bereit, dafür euren Job aufzugeben? Eure Familie? Eure teuren Autos?«

Amir schnaubt. Wahrscheinlich denkt er an die Schrottkisten, die er dauernd bei seinem Autoverleih repariert. Auf dem Bildschirm ergreift der Dritte das Wort. Sein Englisch ist ebenfalls gut und deutlich. »Brüder, die ihr im Westen lebt, ich weiß, wie ihr euch fühlt. Ihr fühlt euch allein und entmutigt. Ihr fühlt euch eurer Ehre beraubt. Dagegen hilft der Dschihad. Kommt, meine Brüder, schließt euch dem Dschihad an und fühlt die Ehre und das Glück, das wir fühlen.«

Schnitt auf eine Gruppe von bewaffneten Männern, die zu Gebetsliedern schwarze Fahnen schwenken. Amir scheint tief in Gedanken versunken.

Als das Video zu Ende ist, gehe ich in die Küche, um Tee zu kochen. Die Hitze vom Ofen hat die Rohre aufgetaut, die heute Morgen noch eingefroren waren. Während der Tee zieht, halte ich die Hände in sicherer Entfernung über die Flammen. Dad hat mal erzählt, dass in dem Winter, bevor Mom und er aus ihrer Stadt wegzogen, die Hügel um sie herum völlig kahl waren. Meilenweit hatte man sämtliche Bäume gefällt, um Feuerholz daraus zu machen. Die Wärme aus dem Ofen fühlt sich an wie ein erhörtes Gebet. Meine Hände und Füße sind so kalt, dass es brennt, als sie auftauen, aber es ist ein süßer Schmerz.

Als der Tee fertig ist, gehe ich mit den dampfenden Bechern ins Wohnzimmer und stelle einen vor Amir auf den Tisch. Er schreibt gerade etwas, nimmt kurz einen Schluck und zeigt dann auf den Laptop. »Sie haben Recht.«

Jeder glaubt, dass seine Seite Recht hat, aber es gibt immer zwei Seiten. Wer glaubt, der Westen sei immer gut und der Islam immer böse, hat genauso Unrecht wie jeder, der das Gegenteil behauptet. Auf jeden Dschihadisten mit einer Kalaschnikow kommt ein islamophober Rassist in einem Pick-up. Und beide glauben inbrünstig, ihr Gott sei der einzig wahre.

Ich schließe die Hände um meinen Becher und trinke einen Schluck. »Hat die Schule angerufen?«

Amir grinst und ahmt Dads Stimme nach. »Ich werde dich bestrafen müssen, mein Junge.«

»Sehr witzig. Google mal Loser-Einbrecher.«

Amirs Miene verfinstert sich. Ich beobachte ihn, während er sich das Video ansieht. Als es zu Ende ist, knurrt er: »Deswegen nennen die uns Loser? Sollen sie erst mal besser machen.«

»Darum geht es nicht, Mann. Die haben uns auf Video.«

Sein Mundwinkel sackt ab, er sieht sich das Video noch mal aufmerksam an. Am Ende lehnt er sich zurück und schüttelt den Kopf. »Darauf würde uns nicht mal unsere eigene Mutter erkennen.«

Ich klopfe auf die Mütze, Sturmmaske und Jacke neben mir auf dem Sofa. »Vielleicht sollten wir die Sachen hier loswerden.«

Amir schüttelt wieder den Kopf. »Nicht die Mütze und die Jacke. Dafür ist es zu kalt. Keine Angst. Niemand wird uns erkennen. Alle tragen draußen Jacken und Mützen.«

»Was ist mit dem Auto?«

»Marat hat sich darum gekümmert.«

»Und der Geldautomat?«

Amir zeigt mir die roten Flecken auf seinen Handflächen, die aussehen, als hätte er sie stundenlang geschrubbt. »Irgendwas im Schließfach hat alle Scheine vollgespritzt. Und meine Klamotten auch. Diese Scheißamerikaner mit ihren Scheißerfindungen. Wenn man bei uns zu Hause den Mumm hatte, einen Geldautomaten zu klauen, wurde man wenigstens dafür belohnt.«

Ich weiß nicht, woher Amir das wissen will. Er war noch ein Baby, als unsere Eltern aus Bosnien weggegangen sind. Trotzdem sagt er »bei uns zu Hause«, so wie meine Eltern, wenn sie von ihrer alten Heimat sprachen.

»Und wo ist das Geld jetzt?«, frage ich.

Amir steht auf und drückt den Rücken durch. »Marat sagt, damit kann man nichts anfangen. Die Sachen versuche ich zu waschen.«

Ich starre ihn an. »Du willst mit deinen vollgespritzten Klamotten in den Waschsalon gehen? Meinst du nicht, das fällt auf?«

Genervt reißt mein Bruder die Arme hoch. »Toll! Ich soll also nicht nur auf das Geld verzichten, sondern mir auch noch neue Sachen kaufen? Wovon denn? Wir haben nicht mal was zu essen für heute Abend.«

Unsere Eltern schicken uns immer etwas Geld, wenn sie können, aber es ist meistens nicht viel. Amirs Gehalt beim

Autoverleih deckt gerade mal die Miete und einen Großteil der Lebensmittel. Ich nahm an, dass die Beute aus dem Automatendiebstahl für andere nötige Ausgaben gedacht war.

»Was ist mit dem Autoverleih?«

Amir wendet den Blick ab. Irgendetwas verschweigt er mir. Stattdessen lügt er mich an. »Ruslan hat mich diese Woche nicht bezahlt. Er meinte, er gibt mir das Geld nächste Woche.« Er macht eine Pause, und dann, als hätte er gemerkt, dass das als Erklärung nicht ausreicht, gibt er sich frustriert: »Was soll ich machen? Wovon soll er mich bezahlen, wenn er selbst nichts hat? Soll ich ihm drohen, dass ich mir einen anderen Job suche?«

Es hat keinen Sinn, jetzt mit meiner Vermutung zu kommen, dass er seinen Lohn für etwas anderes ausgegeben hat. Er würde nur sauer werden. Und beweisen kann ich es auch nicht. Stattdessen greife ich in die Tasche und hole das Geld raus, das ich heute beim Schneeschaufeln verdient habe.

Mit leuchtenden Augen schnappt Amir sich die feuchten, zerknüllten Scheine. »Woher hast du das?«

Ich sage es ihm.

»Ausgezeichnet, kleiner Bruder. Heute Abend speisen wir wie die Könige.« Er zieht sich Jacke und Mütze an.

»Und bring Friskies für Mačka mit.« Die Dosen von letzter Nacht reichen auch nicht für immer.

***

Kaum hat Amir das Haus verlassen, setze ich mich an seinen Computer, sehe mir noch mal das Video an und suche nach Hinweisen auf unsere Identität, abgesehen von meinem Parka. Pause, dann noch mal, dann wieder Pause, wie die Polizei im Fernsehen. Anstrengend. Mir erscheint es so offensichtlich, dass wir das sind. Aber vielleicht hat Amir Recht und außer uns selbst erkennt uns niemand. Heute in der Schule hat auch keiner Verdacht geschöpft. Nicht mal Angie.

Es hat keinen Sinn. Ich bin zu befangen, um mir ein Urteil zu bilden. Als ich YouTube wegklicke, sehe ich, dass Amir seinen Facebook-Account offen gelassen hat. Seine Likes sind ziemlich deutlich: Abgesehen von der saudi-arabischen Fußballnationalmannschaft und dem Sänger Maher Zain hat er ein Bild von einer AK-47 gepostet, daneben steht: »Denkt in euren Gebeten an die Mudschahedin … denn sie kämpfen in eurem Namen.« Dann noch ein Bild von einem gewissen Omar Abdel-Rahman, der offenbar wegen des Bombenanschlags auf das World Trade Center 1993 verurteilt wurde. Und eins vom ehemaligen Hamas-Führer und Mitbegründer Ahmad Yasin. Außerdem Bilder vom Schwarzen Banner und anderen Extremistenflaggen.

Unter der Abbildung von einem grünen Vogel, dem Symbol für das Paradies, hat er geschrieben: »Ich schwöre bei Allah, ich fühle mich verloren. Ich würde so gern in einem muslimischen Land leben. Immer wieder sage ich mir, wenn ich in einem muslimischen Land leben würde, wäre ich strenggläubig. Hier in den USA bin ich mit so vielen Harām-Dingen in Berührung gekommen. Alles, was ich brauche, sind guter Rat und ein paar schöne Worte, die meinem Herzen helfen.«

Bitte? Wenn mein Bruder wirklich so empfindet, hat er das mir gegenüber jedenfalls nie angedeutet. Hatte er Zweifel, ob er sich mir anvertrauen kann?

Ich gehe auf seinen Twitter-Account:

> **@WarriorWest:** »Brauche $$. Ein Freund schlug vor, Geldautomaten zu knacken. Ist das ok, wenn der Koran sagt, man soll Dieben die Hände abhacken?«

> **@خباذلا:** »Vom Feind nehmen, ist nicht stehlen.«

> **@WarriorWest:** »Aber es ist gegen das Gesetz.«

> **@خباذلا:** »Gottes Gesetz ist das einzige Gesetz. Koran: ›Tötet die Götzendiener, wo immer ihr sie findet, und ergreift sie und belagert sie und lauert ihnen aus jedem Hinterhalt auf.‹«

> **@خباذلا:** »Vergiss nie: Wir kämpfen für Wahrheit und Gerechtigkeit. Sie kämpfen für Unterdrückung und weltliche Güter.«

@حباذلا: »Gute Taten löschen schlechte Taten aus. Dschihad ist die größte aller Taten.«

@WarriorWest: »Es ist Zeit, die Unterdrücker in Angst und Schrecken zu versetzen.«

@حباذلا: »Ich hätte es nicht besser sagen können. Willkommen bei den Löwen Allahs.«

Das gibt mir zu denken. Nicht nur weil Amir sich jetzt *Warrior West* nennt. Soweit ich weiß, ist dies das erste Mal, dass er Kontakt zu jemandem hat, der wie ein echter Extremist klingt. Die Frage ist, wie ernst er das meint.

***

Ich war elf, als Amir die Highschool abbrach, und ich weiß noch, wie meine Eltern deswegen mit ihm stritten. Er war kein toller Schüler, aber auch nicht richtig schlecht. Eines Tages weigerte er sich einfach hinzugehen, ohne zu sagen, warum. Meine Eltern gaben sich alle Mühe, ihn umzustimmen, vergeblich. Sie schleppten ihn sogar zum Psychologen, der Amir für depressiv erklärte und ihm Prozac verschrieb. Schließlich schlossen sie einen Kompromiss. Er würde zur Berufsschule gehen und Automechaniker lernen.

Ich habe ihn nie gefragt, warum er die Schule abgebrochen hat, und er hat von sich aus nie darüber geredet. Aber ich habe eine Theorie: In der Highschool war etwas anders, er fühlte sich nicht mehr akzeptiert. Er ist seinen Akzent nie richtig losgeworden, und er hat sich in Gegenwart von Mädchen nie wohlgefühlt. Tatsächlich kann ich mich kaum erinnern, ihn je mit einem Mädchen reden gesehen zu haben. In der Grundschule hatte er viele Freunde, aber in der Highschool waren davon nur noch ein paar übrig, und die stammten alle aus demselben Teil der Welt wie unsere Familie. Er lebte also weder in der Heimat unserer Eltern noch in der neuen. Der einzige Ort, an dem er sich wohlfühlte, war das Internet.

Angie schreibt:

Morgen Abend?

Ich will gerade Ja antworten, da fällt mir ein, was ich Tash versprochen habe. Also schreibe ich:

Muss in die Moschee.

?

Hab ich einem Freund versprochen.

Kann ich mit?

?

Nur mal zugucken.

Da sind M u F getrennt.

:-/

Seh ich dich danach?

☺

***

Amir kommt aus dem Supermarkt mit Lamm-Kababs, Pilaw, Sataras und einem Becher Rocky-Road-Eis. Wir machen den Tisch frei, und obwohl wir beide vor Hunger sterben, sprechen wir ein Du'ā', ein Dankgebet, bevor wir uns über das Essen hermachen.

Während des Essens erzähle ich ihm, dass ich Tash versprochen habe, morgen Abend mit in die Moschee zu kommen. Da Amir sowieso jede Woche hingeht, frage ich ihn, um wie viel Uhr er da sein will.

»Ich gehe nicht hin«, sagt Amir und kaut auf seinem Kabab.

Das überrascht mich. »Warum nicht?«

»Ich gehe woandershin.«

»Wo denn?«

»Das verrate ich dir, wenn ich es für richtig halte.«

[14]

»Wir haben hier ein Kommunikationsproblem, wie mein Vater immer gesagt hat.«

Ich sitze wieder im Büro der fliegenden Schweine bei Ms Appleby, die mich gerade hier reingeschleift hat. Es ist vier Wochen her, dass wir das letzte Mal das Vergnügen hatten.

Sie wirft mir einen besorgten Blick zu. »Ich habe zweimal mit deinem Vater gesprochen. Beide Male hat er mir versprochen, ein ernstes Wort mit dir zu reden.«

Ms Applebys Herangehensweise ist jetzt sanfter, emotionaler. Liegt es daran, dass sie glaubt, Kids mit bisher sehr guten Noten müssten umsorgt und behutsam ermutigt werden, um ihr volles Potenzial zu entwickeln? Ich lasse Kopf und Schultern hängen und antworte nicht. Ms Appleby macht den Job zwar noch nicht lange, aber ich wette, sie hat schon genug faule Ausreden für ein ganzes Leben gehört.

Die Stirn in Falten beugt sie sich vor. »Hast du Probleme zu Hause? Ist jemand krank? Haben deine Eltern ihren Job verloren?«

Ich schüttele den Kopf. »Das ist es nicht.«

»Haben sie … Ärger?«

Ich muss mir irgendetwas ausdenken, aber bevor ich dazu komme, sagt sie: »Oh, das tut mir leid, Schätzchen. Es muss schrecklich für dich sein.«

Das haut mich jetzt um. Hat sich mich wirklich gerade »Schätzchen« genannt? Und was muss ihrer Meinung nach schrecklich sein?

Ms Appleby zieht eine Schublade auf und geht die Akten darin durch. »Glaub mir, Khalil, ich mache das nicht gern, vor allem unter diesen Umständen. Aber wenn jemand so oft gefehlt hat wie du, bleibt mir keine andere Wahl.« Sie holt zwei Zettel heraus und klopft mit dem Finger auf den einen. »Das ist dein Anwesenheitsbogen. Meine Sekretärin Ms Kelly wird ihn aufbewahren. Du wirst dich jeden Morgen hier melden und ihn abzeichnen. Sie trägt die Uhrzeit ein. Und dasselbe dann noch mal, bevor du nach Hause gehst.«

Sie klopft auf das andere Blatt. »Das ist für die Anwesenheit im Unterricht. Hier trägst du deinen Stundenplan ein und lässt ihn nach jeder Stunde vom jeweiligen Lehrer abzeichnen. Ende des Monats überprüfe ich beide Bögen. Ich weiß, du hast es nicht leicht zu Hause, Khalil, aber was deine Anwesenheit betrifft, muss ich unbedingt eine Verbesserung sehen.«

Ich nehme die Zettel, ohne ihr in die Augen zu sehen. Will

ich wirklich, dass sie glaubt, mein Problem seien meine Eltern, die sich nicht verstehen? Habe ich irgendetwas gesagt, was sie auf diese Idee gebracht hat?

»Hier, Khalil, ich möchte dir etwas geben.« Ms Appleby hält mir einen Anhänger mit einem kleinen Schwein mit Flügeln hin. »Es soll dich daran erinnern, dass du es schaffen kannst, auch wenn es dir unmöglich erscheint. Okay? Und denk dran, ich bin da, wenn du mich brauchst. Und nicht nur ich, auch die Beratungslehrer und die Schulpsychologen. Unsere Türen stehen dir offen. Komm vorbei, wann immer du magst.«

Ich nehme den Anhänger, bedanke mich und gehe. Ich wünschte, sie würde sich nicht ganz so sehr um mich sorgen.

[15]

Es ist früher Morgen, und ich liege unter einer Decke auf dem Sofa. Mačka sitzt schnurrend auf meiner Brust, während ich sie hinter den Ohren kraule. Die Sache mit dem Geldautomaten ist mehr als einen Monat her, aber ich rechne immer noch damit, dass jeden Moment schwere Stiefel die Treppe herunterpoltern und jemand an unsere Tür hämmert und brüllt: »Aufmachen! Hier ist die Polizei!«

Das WhatsApp-Signal in meinem Handy erklingt:

Skypen?

»Amir«, rufe ich ins Schlafzimmer, »unsere Eltern!«

Mein Bruder kommt raus, wir stellen den Laptop auf den Tisch und hängen ein Laken auf, damit unsere Eltern nicht merken, dass wir in eine versiffte Kellerwohnung umgezogen sind. Sie erscheinen auf dem Bildschirm. Vielleicht bilde ich mir das ein, aber ihre Gesichter sehen verhärmter und die Sorgenfalten tiefer aus.

»Oh, Ammy!«, stöhnt Mom bestürzt. »Dieser Bart!«

»Was denn, Mom?«

»Hat das etwas zu bedeuten?«, fragt Dad misstrauisch.

»Wieso?« Amir tut, als wüsste er nicht, was sie meinen.

Dad nickt. »Okay, ich wollte nur sichergehen.«

»Musst du dich nicht für die Schule fertig machen?«, fragt Mom, als sie die Decke um meine Schultern bemerkt.

»Ich spring noch kurz unter die Dusche, wenn wir fertig sind.«

Von da an verläuft das Gespräch wie immer (d. h., wir lügen uns gegenseitig etwas vor). Ich erzähle, wie toll es in der Schule läuft, dass ich gute Noten habe, mich fürs College angemeldet und um verschiedene Stipendien beworben habe. (Natürlich habe ich nichts dergleichen getan, aber ein bisschen Zeit ist ja noch.)

Amir behauptet, die Arbeit mache Spaß und dass er wahrscheinlich bald eine Gehaltserhöhung bekomme (ja, klar). Die Wohnung sei prima (wenn man gern in einem Kühlschrank lebt). Wir haben genug zu essen (stehlen tun wir nur, wenn wir müssen). Vitaly und seiner Familie gehe es gut. Tash sei immer noch der Alte. Ich erzähle ihnen, wie er den Handtrockner repariert hat, und sie lachen beide.

Nach kurzer Zeit gibt es von uns nichts mehr zu berichten, also erkundigen wir uns, wie es bei ihnen aussieht. Moms verwitweter Schwester Merjem gehe es so weit gut, nur dass die Kinder sie ganz schön auf Trab halten. Dads Mutter halte sich wacker, aber sie brauche Unterstützung wegen seines Vaters, der immer mehr abbaue.

Allmählich geht uns der Gesprächsstoff aus, aber ich habe noch eine letzte Frage: »Wann kommt ihr wieder?«

Mom und Dad sehen sich an. »Bald«, sagt Mom.

»Mach weiter so in der Schule, Kal«, sagt Dad. »Ammy, erzähl deinem Boss, er soll dir deine Gehaltserhöhung geben, sonst schraubst du für einen anderen die Autos zusammen.«

Das Gespräch ist zu Ende. Amir verschwindet wieder in seinem Zimmer. Mačka springt auf meinen Schoß, und ich streichele ihr weißes Fell. Es ist fast zehn Monate her, seit Mom und Dad nach Srebrenica zurückgekehrt sind, und jedes Mal, wenn wir skypen und ich sie frage, wann sie wieder in die USA kommen, sagt Mom »bald«, wendet aber den Blick ab. Dad sagt, ich solle mir deswegen keine Gedanken machen und mich einfach auf die Schule konzentrieren.

Ich fühle mich einsam hier ohne sie, und Amir ist auch keine große Hilfe. Mein Bruder hat sich nicht nur äußerlich verändert. Er ist still und verschlossen und verbringt mehr Zeit denn je in der Werkstatt oder in seinem Zimmer vor dem Computer. Angie, Vitaly und noch ein paar Freunde von mir sind über Weihnachten weggefahren, und ich war viel allein. Wenn ich Amir mal dazu bringen kann, mit mir zu reden, artet es jedes Mal in eine seiner Hetzreden gegen den bösen Westen aus. Als ich irgendwann zu ihm sagte, ich könne ja verstehen, wie es ihm gehe – einerseits weil ich tatsächlich das Gefühl hatte, andererseits um ihn zum Reden zu bewegen –, schüttelte er den Kopf und sagte: »Du bist nicht bereit.« Als ich ihn fragte, was er damit meine, antwortete er nicht.

Er hat seinen Laptop offen gelassen. Ich werfe einen Blick drauf. Seine Freunde auf Facebook sind fast alle Extremisten, bewaffnete Männer mit Kufiyas vor dem Gesicht. Manche halten Gewehre an die Köpfe kniender Gefangener. Andere haben blutige Leichen vor sich liegen.

Seine Twitter-Feeds sehen so ähnlich aus.

@ملك الموت: »Ich werde losgehen. Und niemand weiß, dass ich eine Bombe habe. Ich werde diese amerikanischen Hurensöhne töten, einen nach dem anderen.« #CyberCaliphate #CyberJihad

@انتقام: »Wir sind in eurem Land. Wir sind in euren Städten. Wir sind in eurer Straße. Ihr seid unser Ziel.« #AmessagetoUS #AmessagetoAmerica

@lonewolfterror: »Wir werden die Flagge Allahs über dem Weißen Haus hissen.« #Americanisourtarget

Und dann lese ich unter seinen Direktnachrichten:

@WarriorWest: »Danke für $$. Ich tu, was ich kann.«

@حباذلا: »Verhalte dich unauffällig.«

@WarriorWest: »Ich kenn noch ein paar andere.«

@حباذلا: »Du musst dir ihres Glaubens und ihrer Loyalität sicher sein.«

@WarriorWest: »Das werde ich.«

@حباذلا: »Inschallah. Du bist ein Held, Krieger.«

Während ich mich durch Amirs letzte Woche klicke – Predigten von Anwar al-Awlaki, verschiedene radikalislamische Webseiten –, werde ich von einem lauten Knall aus seinem Schlafzimmer aufgeschreckt. Wahrscheinlich stemmt er Gewichte. Früher hat er das regelmäßig gemacht, dann eine ganze Weile gar nicht, inzwischen aber wieder und zwar mehr denn je.

Ich klappe den Laptop zu und strecke mich aus. Das weiche Sofa wirkt einladend. Gestern Abend habe ich mir den Wecker gestellt, um heute früh mit Mom und Dad skypen zu können. Aber ich bin noch müde. Die letzte Woche habe ich kein einziges Mal in der Schule gefehlt. Sogar bei Chemie war ich. Mittlerweile konnte ich den Stoff nachholen und verstehe einigermaßen, worum es geht. Wenn ich jetzt noch die Abschlussprüfung mit A bestehe, kriege ich insgesamt mindestens ein B.

Ein tiefes Gähnen überkommt mich. Wie würde Ms Appleby reagieren, wenn ich heute noch mal schwänze und dann den Rest des Monats nicht mehr? Das müsste sie mir eigentlich durchgehen lassen. Selbst die besten Schüler fehlen hin und wieder mal.

***

Angie weckt mich mit einer Nachricht.

Wo bist du?

Bäckerei. Große Bestellung. Typ ist nicht gekommen.

Ist deinen Eltern egal, ob du Schule schwänzt?

Natürlich nicht. Geht aber nicht anders.

Sehen wir uns nachher?

Klar. Bis später.

Amir kommt aus seinem Zimmer gestampft. Er ist knallrot und glänzt vor Schweiß. »Los, komm.« Er zeigt auf den Boden.

Das haben wir seit Jahren nicht mehr gemacht.

»Ich wach gerade erst auf«, protestiere ich gähnend. »Und du hast eben schon trainiert.«

»Schiss?«

Das wirkt. Schon liege ich auf dem Boden, ihm gegenüber, jeweils auf die Ellbogen gestützt, unsere Hände umeinander geklammert.

Amir zählt in der Sprache unserer Eltern rückwärts, dann beginnt der Kampf.

Die Knöchel weiß, Finger und Gesichter rot, unsere Venen treten hervor. Seine Muskeln sind sehnig, sein Arm ist dünner, aber länger als meiner und hat deswegen mehr Hebelkraft. Dafür bin ich stur wie ein Bulle.

Amir ist aufgeheizt und gut vorbereitet und drückt meinen Arm langsam nach unten bis auf einen Winkel von fünfundvierzig Grad. Jetzt muss ich alles geben. Jeder Zentimeter weiter wäre das sichere Ende. Mit zusammengebissenen Zähnen arbeite ich mich Stück für Stück wieder hoch.

Amirs Augen weiten sich, als könnte er nicht glauben, dass ich verlorenen Boden zurückgewinne. Dann drückt er mit aller Kraft zu, bis er mich wieder unten hat.

Mein Arm fühlt sich an, als könnte er jeden Moment platzen. Mit Spaß hat das nichts mehr zu tun. Es gibt nur noch den Schmerz und den Willen. Mit Mühe und Not schaffe ich es zurück in die Ausgangsstellung. Amir wirkt überrascht, offenbar ging er davon aus, dass der Kampf schon entschieden ist. Er stößt ein tiefes Grunzen aus und gibt noch mal alles.

Es reicht nicht. Als seine Kraft und Entschlossenheit nachlassen, knalle ich seine Hand mit einem Ruck auf den Boden.

Amir rollt auf den Rücken, ich bleibe auf dem Bauch liegen. Beide schnappen wir völlig erledigt und mit pochenden Herzen nach Luft.

Mein Bruder fängt an zu lachen. Ich stimme mit ein. Langsam kommen wir wieder zu Kräften und lachen immer lauter. Ich weiß genau, woran er denkt: wie wir als Kinder Armdrücken gespielt haben. Und er jedes Mal gewann.

»Du warst immer so wütend«, kichert er.

Wir lachen, bis uns die Tränen kommen.

»Weil du mich jedes Mal fast gewinnen lassen hast. Und wenn ich dachte, jetzt krieg ich dich, hast du mich doch noch fertiggemacht!«

Amir setzt sich auf und reicht mir die Hand. Ich greife danach, und wir helfen uns gegenseitig hoch und wischen uns grinsend die Tränen aus den Augen. Er klopft mir auf die Schulter. »Ganz ehrlich, kleiner Bruder. Gut gemacht.«

Mir schwillt vor Stolz die Brust, so wie damals, wenn er mich wegen irgendetwas gelobt hat. Das wird sich nie ändern. Egal, was sonst in unserem Leben passiert, er wird immer mein großer Bruder bleiben. Er weiß, dass ich für ihn da bin. Und ich weiß, dass er für mich da ist.

***

Amir verschwindet in seinem Zimmer und kommt erst zwei Stunden später zurück. Er trägt ein grünes Armeehemd, das ich noch nie an ihm gesehen habe. »Zieh dich an. Marat ist da.«

Ich sehe ihn misstrauisch an.

»Mach dir keine Sorgen, diesmal klauen wir keinen Geldautomaten«, sagt er.

Ich ziehe mich an und folge ihm die Treppe hoch. Letzte Nacht hat es wieder geschneit. Die Wolken sind verschwunden, und draußen leuchtet es weiß. Das Sonnenlicht blendet so stark, dass ich die Augen zusammenkneifen muss. An der Regenrinne hängen tropfende Eiszapfen, die Luft ist frisch und klar.

Marat hat am Straßenrand geparkt. Auf dem Weg zum Auto sagt Amir, dass er etwas vergessen hat, und schickt mich schon mal vor. Während er zurück ins Haus läuft, gehe ich zum Wagen und setze mich nach hinten. Es riecht nach Zigaretten und Raumspray. Marat blickt mich im Rückspiegel aus seinen unruhigen, wässrigen Augen an. Ich habe ihn seit dem Abend, als wir den Geldautomaten gestohlen haben, nicht mehr persönlich gesehen, dafür ungefähr fünfzigmal auf dem bescheuerten Video.

»Wie geht's deinem Fuß?«, frage ich.

»Wieso?«

»Na ja, der Geldautomat, falls du dich erinnerst.«

»Ach so, ja. Ist wieder gut.«

»War also nicht gebrochen?«

Marat schüttelt den Kopf und schaut durch die Windschutzscheibe zum Haus. »Wo ist dein Bruder hin?«

»Noch mal rein. Er hat was vergessen.«

»Hat er gesagt, was?«

»Nee.«

Er trommelt mit den Fingern auf dem Lenkrad. »Hat er eine Waffe?«

»Amir? Hätte er wohl gern.«

»Warum hat er dann keine?«

Ich fange an, mir ernsthafte Sorgen zu machen. »Du meinst, wir brauchen heute eine Waffe?«

[16]

Marat dreht sich zu mir um und schüttelt den Kopf. »Ich frag nur. Er kann doch schießen, oder?«

Das kann Amir tatsächlich. In letzter Zeit waren wir einmal die Woche auf dem Schießstand. Nur so aus Spaß. Ich hab vorher noch nie geschossen, und es macht echt Laune. Diese Power, der Knall, der Rückstoß. Bis heute Morgen war ich nicht sicher, woher mein Bruder das Geld dafür hatte, aber nachdem ich seine Tweets gelesen habe, vermute ich, es kommt irgendwo aus dem Nahen Osten, damit er sich als großer Dschihadkämpfer aufspielen kann. Neulich meinte Amir, wir sollten mal zu einer anderen Anlage gehen, wo man Maschinengewehre mieten kann. Ich selbst würde gern mal mit einem Scharfschützengewehr schießen, das Ding auf einem Dach aufstellen, genau zielen, den Wind mit einberechnen und dann ein Ziel in einer Viertelmeile Entfernung treffen.

Ich erzähle Marat von der Schießanlage. Er kneift die Augen zusammen, zieht an seiner Zigarette, trommelt weiter auf dem Lenkrad herum. Der Typ ist ein einziges Nervenbündel. Warum ist er bloß dauernd so nervös? Warum hat er gefragt, ob Amir schießen kann? Allmählich dämmert es mir. Was, wenn Amirs neuerdings extreme antiamerikanische Haltung nicht nur von weit weg übers Internet geschürt wird? Was, wenn die Quelle irgendwo hier in der Nähe liegt?

»Woher kommst du eigentlich?«, frage ich Marat möglichst beiläufig.

Marat sieht in den Spiegel. Er guckt böse. »South Broad. Weißt du, wo die Schienen auf die Main Street treffen?«

»Nein, ich meinte vorher.«

»Ah, äh, Dagestan.« Marat zündet sich eine neue Zigarette an der alten an, bläst den Rauch aus dem offenen Fenster, aber die Hälfte weht wieder herein.

»Musstest du von dort fliehen?«

»Was sonst?«

Bevor ich noch eine Frage stellen kann, steigt Amir ein. Marat fährt los. Amir holt sein Handy raus und reicht es mir nach hinten. Zu sehen ist ein Tweet von einem Mann, der ein blutendes Mädchen in den Armen trägt. Seine Kleider sind zerfetzt und blutverschmiert, und die Arme und Beine und der Kopf hängen schlaff herab. Der Mann hat den Mund aufgerissen, als würde er vor Wut und Trauer brüllen. Darüber steht »Palästina blutet. Wieder ein Kind von Israelis getötet. Wieder ein Vater, der sein Kind in Gaza zu Grabe trägt.«

»Täglich töten Amerika und seine jüdischen Marionetten unsere Brüder«, wettert Amir. »Wir leben direkt hier unter unseren Feinden, und was tun wir? Nichts! Weißt du, was wir sind? Feiglinge.«

»Du vielleicht«, grummelt Marat.

Amir stößt ihm gegen die Schulter. »Klar, du bist der ganz große Held. Ich frage mich echt, wie du hier leben kannst.«

Mein Bruder denkt immer nur schwarz-weiß, für ihn gibt es kein Dazwischen. Was hat der Palästinenserkonflikt mit dem Dschihad zu tun? Aber ich weiß schon, was er antworten würde – greif einen Moslem an und du greifst alle an. Für ihn gibt es nur *die* gegen *uns*.

»Es hat ja niemand gesagt, dass wir das gut finden müssen«, werfe ich ein.

»Aber es ist unwürdig, nichts zu unternehmen.« Amir greift nach seinem Handy. »Wenn wir etwas getan hätten, wäre dieses Kind vielleicht noch am Leben. Und wenn wir jetzt etwas tun, muss vielleicht das nächste Kind nicht sterben.«

»Was denn tun?«, will ich wissen.

Mein Bruder sieht zu Marat rüber, antwortet aber nicht.

[17]

Der Autoverleih wird aus einer Werkstatt betrieben, was Sinn macht, wenn man bedenkt, wie schlecht die Autos in Schuss sind und wie oft sie repariert werden müssen. Aber jetzt sitzt hier eine Gruppe von Männern auf Getränkekästen, ausrangierten Sitzen, umgedrehten Eimern – alles, nur keine richtigen Stühle. Wie auch Amir tragen die Männer zottelige Bärte. Manche haben Gebetskappen auf, und mindestens einer trägt einen Kaftan unter dem Anorak.

In der Werkstatt ist es kalt, und es riecht nach Öl und Benzin. Ein Mann in einem ölverschmierten Overall tippt etwas in einen Laptop auf einem Klapptisch und spricht dabei über die Schulter zu uns: »Wir haben noch Zeit, ich will euch etwas zeigen.«

Ein Video läuft. Ein hellhäutiger Mann im orangen Overall kniet mit gesenktem Kopf auf dem Boden. Seine Hände sehen wir nicht, wahrscheinlich sind sie hinter dem Rücken zusammengebunden. Ein anderer Mann, schwarz gekleidet, mit Sturmmaske, tritt hinter ihn und liest etwas auf Arabisch vor. Der Typ mit dem dreckigen Overall übersetzt. »Der Mann da ist ein Ungläubiger. Im Koran sagt der Herr in der Schlacht von Badr zu den Engeln: ›Ich bin mit euch. So festigt diejenigen, die glauben! Ich werde in die Herzen derer, die ungläubig sind, Schrecken einjagen. So schlagt ihnen auf die Nacken und schlagt von ihnen jeden Finger.‹«

Ein zweiter Mann in Schwarz kommt ins Bild, in der Hand einen langen Falchion mit weißer Inschrift auf der silbernen Klinge. Mir zieht sich augenblicklich der Magen zusammen. Ich habe von solchen Videos gehört, habe Standbilder vom Vorher und Nachher gesehen, aber noch nie den Akt selbst.

Der kniende Mann schluchzt, seine Schultern zittern. Neben mir stützt Amir die Ellbogen auf die Knie und beugt sich vor. Während auf dem Bildschirm vor uns der eine Mann seinen Falchion hebt, redet der andere weiter. Der verschmierte Overall übersetzt: »Das ist eine islamische Hinrichtung. Wir tun nur, was Allah gefällt.«

Der Falchion saust herunter. Ich schließe die Augen.

»Die Welt ist in zwei Gruppen geteilt«, erklärt der Mann weiter. »Die, die so glauben wie wir, und die Ungläubigen. Wir Gläubigen sind ein Volk. Wenn du dich gegen einen von uns stellst, stellst du dich gegen alle.«

Wenn ich auf den Laptop schaue, wird mir sofort schlecht. Denn das da auf dem Bildschirm ist echt, das ist kein Spiel, es ist das Schrecklichste, was ich je gesehen habe. Wie kann ein Mensch einem anderen so etwas antun, egal, wer er ist? Ich sehe zu Amir rüber. Er starrt mit offenem Mund und aufgerissenen Augen nach vorn, wie in Trance. Er ist nicht der Einzige. Die meisten der Männer hier sehen fasziniert zu. Manche nicken sogar anerkennend.

Ich versuche immer noch, nicht hinzuschauen, und sehe mich in der Werkstatt um. In einem unbeleuchteten Glaskasten-Büro in der Ecke steht jemand und beobachtet uns. Ich kann sein Gesicht nicht erkennen. Es ist nur eine rundliche Silhouette mit einem eierförmigen Kopf. Als ich in seine Richtung blicke, zieht er sich in die Dunkelheit zurück.

***

Der schmierige Overall sieht auf seine Uhr und sagt: »'Asr.« Zwei Männer breiten einen Gebetsteppich vor einem schwarzen Qibla-Pfeil an der Wand aus. Daneben hat jemand eine grobe Skizze von einer Predator-Drohne gezeichnet, um uns an die Bedrohung zu erinnern, die den heiligsten Ort auf Erden täglich überschattet. Wir ziehen die Schuhe aus und beten, drücken die Stirn auf den Teppich und bekunden so unsere Unterwerfung und Ergebenheit gegenüber Allah. Ich muss an den Abend vor einigen Wochen denken, als ich in der Moschee war, weil ich es Tash versprochen hatte. Wie warm und herzlich ich dort empfangen wurde; alle freuten sich, mich zu sehen. Wir beteten, und in der Predigt des Imams ging es darum, wie man friedlich in einem Land zusammenlebt, in dem so viele Menschen einen für den Feind halten.

Aber wenn ich hier in dieser kalten, dreckigen Werkstatt den Kopf auf die Gebetsdecke lege, spüre ich um mich herum nur Hass und Zorn, und ich muss an den Mann im orangen Overall denken, der genauso kniete wie wir.

Als das 'Asr-Gebet vorbei ist, wird die Decke zusammengerollt, und wir setzen uns wieder auf unsere Kästen und Eimer.

Aus dem Laptop ertönt das Skype-Signal. »Pünktlich auf die Minute«, sagt der schmierige Overall und antwortet. Auf dem Bildschirm erscheint ein bärtiger Mann im Schneidersitz mit Tarnklamotten und Patronengürteln quer über der Brust. Eine Kalaschnikow liegt auf seinem Schoß, und an seiner Schulter lehnt ein langer schwarz-silberner Falchion mit weißer Inschrift. Mir stockt das Herz. Das ist … entweder der Falchion von der Enthauptung. Oder eine identische Kopie.

Der schmierige Overall begrüßt den Mann mit dem Namen Osip. Osip spricht gutes Englisch. Er bedankt sich, dass wir gekommen sind, beginnt mit einer Rede über den Dschihad und wiederholt dabei, was wir sowieso ständig zu hören bekommen. Dass der Westen uns seit achtzig Jahren unserer Reichtümer und unseres Öls beraubt. Dass er unsere Religion attackiert. Dass er unsere Frauen, Kinder und Brüder ermordet. Dass er unsere Ehre und Würde angreift, und sobald wir es wagen, auch nur ein einziges Wort des Protestes gegen diese Ungerechtigkeit zu äußern, man uns Terroristen nennt. Das ist die größte Ungerechtigkeit, erklärt Osip.

Die Männer um mich herum nicken und murmeln: »Allahu Akbar, Allahu Akbar.«

Als er fertig ist, erkundigt sich Osip, ob wir Fragen haben.

»Was können wir tun?«, will jemand wissen.

»Kommt zu uns«, erwidert Osip. »Kämpft mit uns. Werdet Märtyrer, Shahids …« Dann fügt er hinzu: »Und wenn ihr nicht hierherkommen könnt, um zu kämpfen, tötet die Ungläubigen bei euch.«

Die anderen nicken wie Wackelkopffiguren. Denken die überhaupt darüber nach, wozu sie da Ja sagen? Das hier ist Amerika, in ihren Augen ein *ganzes Land* voller Ungläubiger. Was wollen sie denn tun? Wo sollen sie anfangen? Jedes Mal wenn in diesem Land ein Terroranschlag verübt wird, hassen 320 Millionen Menschen die Moslems nur noch mehr.

Trotzdem muss ich an die Schießanlage denken, wo Amir und ich in letzter Zeit hingehen, und für kurze Zeit gebe ich mich der Fantasie hin, ein Scharfschütze nachts auf der Pirsch zu sein, mit einem langen Gewehr mit Zielfernrohr und Schalldämpfer, ein Sniper, der still und leise den Feind abknallt und dann in der Dunkelheit verschwindet, um sich sein nächstes Opfer zu suchen. Aber das ist nicht real. Es ist ein Spiel. Ich würde nie jemanden töten, oder?

[18]

Wenn man als Amerikaner akzeptiert werden will, muss man die Welt durch die Augen eines Amerikaners sehen. Das habe ich als Kind gelernt. Ich hörte aufmerksam zu, was meine amerikanischen Freunde sagten, und versuchte zu verstehen, wie sie denken. Obwohl ich in Amerika geboren und vollwertiger Staatsbürger bin, habe ich mich hier nie wirklich zu Hause gefühlt. Ich bin nur ziemlich gut darin geworden, so zu tun als ob.

Wenn ich eins über Amerika gelernt habe, dann dass es das Land des kollektiven Ausblendens ist. Die Menschen hier wollen nicht wissen, was passiert, wenn Haustiere beim Tierschutzverein oder Tote im Bestattungsunternehmen landen, oder dass die Schweine und Kühe, von denen das Fleisch auf ihrem Teller stammt, in Lagerhallen aufwachsen und industriell geschlachtet werden.

Sie wollen auch nichts über den zivilen »Kollateralschaden« wissen, wenn eine ihrer Drohnen »aus Versehen« ein Ärzte-ohne-Grenzen-Krankenhaus in Afghanistan bombardiert oder eine Rakete »irrtümlicherweise« einen iranischen Jumbojet mit Familien und Kindern abschießt. Die USA töten Zivilisten *nie* mit Absicht. Sie bringen nur aus Versehen Tausende von Menschen um.

Und selbst wenn Amerikaner für einen Krieg sind, wollen sie, dass der Konflikt weit weg ausgetragen wird, damit sie nicht mitkriegen, was genau mit den jungen Männern und Frauen auf beiden Seiten geschieht, wenn sie verletzt oder getötet werden. Hier sind die Opfer nicht so real wie an den Orten, wo das Blutvergießen tatsächlich stattfindet. Niemals wird man in Amerika ein Auto voll mit Trauernden sehen, wo oben auf dem Dach die Leiche eines Kämpfers festgebunden ist.

Vielleicht bin ich mehr Amerikaner, als ich denke. Heute Abend in der Werkstatt habe ich wie ein Amerikaner reagiert. Ich wollte nicht zusehen, wie der Mann geköpft wird. Ich musste mich nicht mal verstellen.

***

»Und?«, fragt Amir. Es ist Samstag, und wir sitzen wieder mit Marat im Auto. Ich hab gerade auf dem Parkplatz beim Autoverleih ein paar Runden hinterm Steuer gedreht. Letztes Jahr hatte ich Fahrunterricht, bin aber aus der Übung, und Amir meinte, ich könnte meine Fahrkünste mal ein bisschen auffrischen. Als ich fragte, warum, erwiderte er, jeder Mensch sollte Autofahren können. Dem kann ich nicht widersprechen.

Jetzt sind wir auf dem Heimweg. »Und was?«, frage ich zurück, obwohl ich mir schon denken kann, was gleich kommt. Seit Tagen redet mein Bruder von so gut wie nichts anderem mehr.

»Wir könnten jemand sein, kleiner Bruder. Was sind wir denn? Nichts. Niemand. Wir hätten genauso gut nie geboren sein können. Aber stell dir mal vor, du wärst jemand. Stell dir vor, du wärst Teil von etwas, was so groß und mächtig ist, dass es dem Präsidenten der Vereinigten Staaten schlaflose Nächte bereitet.«

Klingt bekloppt, aber vielleicht steckt doch ein Fünkchen Wahrheit dadrin. Eben noch bist du nichts, ein vollkommener Nobody. Im nächsten Moment schnappst du dir eine Waffe, lässt eine Kochtopfbombe hochgehen, greifst einen Polizisten an, und schon kennt die ganze Welt deinen Namen. Du bist ein Held, ein Märtyrer, jemand, der in Tweets und Videos erwähnt wird, weil du dich gegen das größte, böseste, mächtigste Land der Welt erhoben hast.

»Hier werden Dschihadisten als Terroristen bezeichnet«, fährt Amir fort. »Warum? Weil ab und zu mal ein Shahid eine Bombe legt oder eine Militärbasis angreift und ein paar Soldaten tötet? Und was machen die Amerikaner? Schicken täglich Drohnen über unser Volk und bombardieren unsere Städte. Jeden Tag töten sie Hunderte Frauen und Kinder. Versetzt uns das vielleicht nicht tagtäglich in Angst und Schrecken? Und das soll kein Terrorismus sein?«

»Lasst ihr mich beim Fairleigh Park raus?«, frage ich.

Amir dreht sich zu mir um. »Warum? Was willst du da?«

»Mich mit Freunden treffen.«

Amir runzelt die Stirn. »In einem Park? Bei der Kälte? Du hast nicht mal eine Jacke an.«

»Wir gehen wahrscheinlich zu jemandem nach Hause.«

»Zu dem Mädchen?« Mein Bruder kneift die Augen zusammen. Ich hab ihm absichtlich nichts von Angie erzählt, aber ich weiß, dass er Verdacht schöpft.

»Kann sein, dass sie auch da ist, zusammen mit Vitaly und einem Haufen anderer.«

Mein Bruder wirft mir einen warnenden Blick zu. Was immer ich vorhabe, es sollte besser nicht harām sein.

[19]

»Was weißt du über ihn?«

»Er ist total süß.«

»Ihr kennt euch seit *über* drei Monaten, und du warst immer noch nicht bei ihm zu Hause? Weißt du überhaupt, wo er wohnt?«

»In der Stadt.«

»Wo in der Stadt? Was machen seine Eltern?«

Angie ist in der Küche und wird von ihrem älteren Bruder Marc ausgefragt. Sie wissen nicht, dass Vitaly und ich alles mit anhören, weil wir hinter der Tür stehen, die in den Keller führt.

»Sie haben eine Bäckerei.«

»Einen Laden?«

»Nein«, sagt Angie. »So was wie eine Großbäckerei. Wo sie Brot und Brötchen und so produzieren, die man dann im

Laden kaufen kann. Deswegen fehlt er so oft in der Schule. Weil er aushelfen muss.«

Vitaly stößt mir den Ellbogen in die Rippen und flüstert: »Sie weiß immer noch nicht, dass deine Eltern zurückgegangen sind?«

Ich halte den Finger an die Lippen. Angie hat Vitaly und mich zu sich nach Hause eingeladen, bevor wir zu einer Party bei Tyler gehen. Bis vor ein paar Minuten haben Vitaly und ich im Keller eine lahme, niedrig auflösende Version von Soul Calibur auf einer uralten PlayStation 2 gespielt. Angie hat sich oben für die Party fertig gemacht. Das Spiel war so langsam, dass wir fast eingeschlafen sind, also haben wir aufgehört und Vitaly kam auf die Idee, die Holztreppe hochzusteigen.

»Warum können die nicht mehr Leute einstellen?«, fragt Marc in der Küche. Er wohnt noch zu Hause und studiert Jura. Wir sind uns ein paarmal begegnet, und er tut meistens freundlich, aber es ist offensichtlich, dass er es lieber hätte, wenn ich nicht mit seiner kleinen Schwester abhängen würde. Angies Mutter ist früh gestorben, und ihr Vater unterrichtet in der Highschool Englisch und gibt Nachhilfe, ist also selten zu Hause.

»Ich glaube, sie haben es nicht einfach gehabt, Marc«, sagt Angie. »Seine Eltern sind mit nichts hierhergekommen und mussten sehr hart arbeiten. Sie haben die Bäckerei vor ein paar Jahren aufgemacht und versuchen immer noch, Fuß zu fassen. Du könntest wirklich etwas mehr Mitgefühl haben, weißt du das?«

»Ich verstehe nur nicht, warum du nicht …«, setzt Marc an, bricht dann aber ab.

»Warum ich was?«, fragt Angie wütend. »Mir Freunde suche, die so sind wie wir? Erstens habe ich alle möglichen Freunde unterschiedlichster Herkunft. Und zweitens kann ich nicht fassen, wie intolerant du bist.«

»Ich bin nicht intolerant«, widerspricht Marc. »Ich … ich wünschte nur … du würdest dir besser überlegen, mit wem du deine Zeit verbringst.«

Ich spüre, wie Vitaly mich am Arm packt und zudrückt, damit ich nicht durch die Tür platze und Marc zu Brei schlage.

***

An dem Abend, als Angie und ich uns kennenlernten und ich ihr ihre erste Cola-Rum anbot, saßen wir auf einer Treppe und unterhielten uns über die Schule, und irgendwann fragte sie mich: »Was ist Khalil für ein Name?«

»Das ist arabisch. Es heißt Freund.«

Sie war einen Moment still, und ich weiß noch, dass ich Angst vor den üblichen Vorurteilen hatte, also sagte ich: »Ich bin Amerikaner, genau wie du.«

Sie lächelte. »Du brauchst dich nicht zu rechtfertigen. Das ist ein schöner Name.«

Es klang so, als meinte sie es ernst.

»Meine Eltern sind aus Bosnien hierhergezogen, bevor ich geboren wurde.«

»Wegen des Genozids?«, fragte sie.

Ich nickte, einigermaßen überrascht, dass sie davon wusste. Abgesehen von Vitaly habe ich nie mit jemandem aus der Schule über meine Herkunft gesprochen. Die Massaker in Srebrenica sind mehr als zwanzig Jahre her, und meiner Erfahrung nach haben die meisten Kids in unserem Alter noch nie davon gehört.

»Ich hab mich noch nie richtig mit einem Moslem unterhalten«, sagte sie.

Das haute mich um. Nicht nur, dass Angie über den Genozid Bescheid wusste, sie fand es offensichtlich auch noch interessant, einen Moslem kennenzulernen, zu einer Zeit, als die meisten Amerikaner Moslems mit kaltblütigen Mördern gleichsetzten. Und sie meinte das vollkommen ernst.

Während die Leute sich auf der Treppe an uns vorbeiquetschten, redeten wir … über Amerika, darüber, dass ich (nicht wirklich praktizierender) Moslem war und sie (nicht wirklich praktizierende) Katholikin, über die Schule, Politik … und was uns letztendlich am meisten verband, war der gemeinsame Hass auf jede Form von Heuchelei.

»Ich finde es schlimm, dass die Leute einerseits Abtreibung, gleichgeschlechtliche Ehe und Verhütung verbieten wollen, aber gleichzeitig sagen, man könne Waffen nicht verbieten«, sagte sie.

»Oder wenn die Abtreibungsgegner die Leute umbringen, die in den Abtreibungskliniken arbeiten. Also quasi töten, um Leben zu retten.«

»Und dass die amerikanische Regierung anderen Ländern Verstöße gegen die Menschenrechte vorwirft, während sie vermeintliche Terroristen in geheime Gefängnisse überall auf der Welt steckt. Und nicht nur das, sie foltern sie auch noch mit Waterboarding.«

»Oder Priester, die Enthaltsamkeit predigen, während sie kleine Jungs missbrauchen? Und Politiker, die für mehr Transparenz eintreten und dabei illegale Zahlungen und Schmiergelder annehmen?«

»Und dann dieser berühmte Imam Anwar al-Awlaki, der ultrakonservative Familienwerte gepredigt hat und jedes Wochenende zu Prostituierten gegangen ist.«

Ich war beeindruckt, dass Angie Awlaki kannte, den die amerikanische Regierung durch einen Drohnenangriff tötete, weil er eine entscheidende Rolle beim Anwerben islamistischer Terroristen spielte. Wäre Amir jetzt bei uns, würde er natürlich behaupten, das mit den Prostituierten sei reine Propaganda der Amerikaner.

Für Angie und mich war es einerseits ein Wettstreit, wer das schlimmste Beispiel brachte, und – komischerweise – auch so was wie ein Flirt. Je länger wir redeten, desto aufgeladener wurde die Atmosphäre. Als hätte Angie Angst, unsere erste Begegnung könnte zu weit führen, stand sie irgendwann auf und meinte, sie müsse jetzt gehen.

»War wirklich nett, mit dir zu reden«, sagte sie noch.

»Fand ich auch.« Ich stellte mich eine Stufe unter sie, sodass unsere Augen auf einer Höhe waren.

»Sehen wir uns in der Schule?«, fragte sie.

Ich hatte noch nie ein Mädchen erlebt, das so offen und ehrlich seine Gefühle zeigte. »Unbedingt.«

Sie lächelte. Ihr Lächeln war wie ein Sonnenstrahl.

***

Während Vitaly und ich durch die Tür mit anhören, wie Angie mit ihrem Bruder spricht, befreie ich mich langsam aus seinem Griff. Er muss sich keine Sorgen machen, dass ich mich auf Marc stürze. Ich bin nicht wütend. Vielleicht weil ich sicher bin, dass Angie klug genug ist, selbst zu wissen, ob sie sich meinetwegen Gedanken machen muss. In erster Linie bin ich nur neugierig, was sie ihm antwortet.

»Ich soll mir überlegen, mit wem ich meine Zeit verbringe?«, wiederholt Angie die Worte ihres Bruders. »Warum? Weil er Moslem ist und deswegen gefährlich sein könnte? Mein Gott, Marc, mein islamophober, rassistischer Bruder.«

Gut so, Angie!

»Du bist unfair.«

»*Ich* bin unfair? Musst du gerade sagen! Zigtausende Moslems in diesem Land wollen nichts anderes, als gute Amerikaner sein. Und dann müssen sie sich mit islamophoben Idioten wie dir rumschlagen, die denken, sie wären alle Terroristen. Wahrscheinlich wärst du froh, wenn wir sie allesamt ins Internierungslager stecken würden.«

»Du scheinst zu vergessen, dass nicht ein Monat vergeht, in

dem nicht einer dieser friedliebenden Moslems jemanden angreift oder irgendwas in die Luft jagt oder in den Nahen Osten aufbricht, um dort zu kämpfen«, sagt Marc.

»Das sind Extremisten«, hält Angie dagegen. »So wie wir Neonazis und den Ku-Klux-Klan haben. Die gibt es in jedem Land. Und hast du schon mal darüber nachgedacht, dass die USA in den vergangenen Jahren Tausende von Luftangriffen im Nahen Osten geflogen haben. Wie oft hat der Nahe Osten uns angegriffen? Ich meine, ernsthaft, Marc, wer ist hier der Aggressor?«

»So einfach ist das nicht, und das …«

»Beantworte meine Frage.«

»Ich sag nur Elfter September.«

[20]

In der Küche herrscht kurz Schweigen. Dann hören wir Angie seufzen. »Ja, Marc. Das war schrecklich. Unentschuldbar. Ein Akt des Bösen. Der Mord an unschuldigen Menschen lässt sich durch nichts rechtfertigen. Aber auch wir Amerikaner haben Tausende von unschuldigen Menschen getötet. In Hiroshima, in Dresden, in Vietnam. Sind wir dadurch nicht genauso schuldig wie sie? Oder zählen die Zivilisten, die wir töten, nicht, weil sie keine Amerikaner sind?«

»Angie, die Männer, die hier oder im Nahen Osten für den Dschihad kämpfen, sind bereit, jeden zu töten, der nicht damit einverstanden ist, die Zivilisation in ein Kalifat aus dem siebten Jahrhundert zurückzuverwandeln. Dir ist klar, dass du hier Menschen verteidigst, die sich Sexsklaven halten, rituelle Enthauptungen praktizieren und der Meinung sind, Ehebrecherinnen sollten gesteinigt werden?«

»Neunundneunzig Prozent der Moslems wollen nichts anderes als in Frieden leben, Marc. Unter anderem auch Kal, der wahrscheinlich der unextremste Mensch ist, den ich kenne. Bist du schon mal auf die Idee gekommen, dich mit ihm zu unterhalten? Er ist so ziemlich der netteste, aufmerksamste Mensch, dem ich je begegnet bin. Ich schätze, er hat mehr Mitgefühl im kleinen Finger als du in deinem ganzen Körper.«

Wieder ist es still in der Küche. Vitaly und ich rühren uns nicht, wir wagen kaum zu atmen. Das Haus ist groß, aber alt und quietscht und knarrt überall. Angie hat mir erzählt, dass die Gegend damals, als ihre Eltern es gekauft haben, noch unerschlossen war, und sie es zu einem sehr guten Preis bekommen haben. Der Plan war, alles nach und nach zu renovieren, aber dann wurde ihre Mutter krank.

In der Küche herrscht immer noch Ruhe. Stecken Angie und ihr Bruder in einer Pattsituation fest? Vitaly zieht mich am Ärmel und gibt mir ein Zeichen, dass wir besser runtergehen, falls Angie nach uns sehen kommt.

Kurz darauf sitzen wir wieder mit dem Controller in der Hand auf dem Sofa vor dem alten Fernseher, aber wir spielen nicht.

»Du hast ihr erzählt, deine Eltern würden eine Bäckerei besitzen?«, flüstert Vitaly. »Konntest du nicht einfach sagen, dass sie in einer arbeiten?«

Als Angie mich irgendwann fragte, was meine Eltern machen, wollte ich ihr nicht sagen, dass sie nach Bosnien zurückgegangen sind. In einem Großteil der Welt ist es, glaube ich, einigermaßen normal, wenn Eltern ihre zweiundzwanzig- und siebzehnjährigen Kinder allein lassen, aber in Amerika finden die Leute das seltsam. Genauso wenig wollte ich zugeben, dass sie, als sie noch hier waren, für kaum mehr als den Mindestlohn gearbeitet haben. Und dass sie den ganzen Tag Brötchen, Brot und anderes Gebäck backen, schwere Mehlsäcke schleppen und den Teig mit der Hand kneten mussten. Dass es harte körperliche Arbeit war und sie nach zwölf Stunden Plackerei völlig erschöpft nach Hause kamen. Ich wollte ihr das nicht erzählen, weil ich sie noch nicht so gut kannte. Ich wusste nur, dass sie hübsch und klug war und mit anderen Kids rumhing, die sich in der Schulpolitik engagierten und bis in den Abend mit Musik, Sport oder sonst was beschäftigt waren. Nicht wie Tylers Gang, die mittags in der Cafeteria am Tisch rumkrakeelten und johlten, als wären sie der Mittelpunkt des Emerson-Highschool-Universums. Wenn Angies Freunde überhaupt zum Mittagessen erschienen, aßen sie schnell etwas und gingen dann zu einem Meeting oder in die Bibliothek. Solche Leute kannte ich bis dahin nicht, ich fand sie interessant und war neugierig.

»Und sie war noch nie bei dir?«

»Was glaubst du denn?«

Dann schweigen auch wir und starren auf das angehaltene Spiel auf dem Bildschirm, wo Siegfried und Mitsurugi in einer Kampfszene erstarrt irrwitzig riesige Schwerter schwingen. Hat es Sinn, weiter darüber zu diskutieren, was wir eben oben mit angehört haben? Haben wir das nicht schon hundertmal gehört und besprochen? Es gibt überall Terroristen und von Hass getriebene Menschen, nicht nur im Nahen Osten und nicht nur unter Moslems. Vor gar nicht langer Zeit hat ein blonder Mann in Norwegen 77 Menschen getötet, überwiegend Teenager, die er als Marxisten bezeichnete. In Oklahoma hat ein rechtsgerichteter Amerikaner irischer Herkunft ein Regierungsgebäude in die Luft gesprengt und dabei 168 Menschen getötet. Baskische Terroristen haben im Laufe der Jahre in Spanien fast tausend Menschen getötet.

»Bist du sicher, dass Tyler es okay findet, wenn ich mit zu der Party komme?«, fragt Vitaly und ringt dabei nervös die Hände.

»Ja«, antworte ich, obwohl ich in Wirklichkeit meine Zweifel habe. Wenn Angie nicht wäre, würde ich auf keinen Fall hingehen, aber in Vitalys Augen stellt Tylers Clique das amerikanische Ideal dar, zu dem er gern dazugehören würde. Deswegen habe ich das Gefühl, ihm dabei helfen zu müssen.

[21]

Die Tür oben an der Kellertreppe schlägt auf, Schritte poltern die Stufen hinab. Ich drücke auf Play, woraufhin Siegfried und Mitsurugi ihren Kampf wieder aufnehmen. Vitaly und ich beugen uns über unsere Controller, den Blick auf den Bildschirm geheftet, als wären wir die ganze Zeit hier gewesen und diese antike Version von Soul Calibur wäre das tollste Spiel seit Pac-Man. Wir sehen nicht mal hoch, als Angie reingestürmt kommt. Ich tue so, als würde ich zufällig in ihre Richtung schauen, und als ich merke, wie aufgebracht sie ist, drücke ich auf Pause.

Angie lässt sich aufs Sofa fallen, verschränkt die Arme, saugt die Lippen ein und kneift die Augen zusammen.

»Was ist los?«, frage ich unschuldig.

»Mein bescheuerter islamophober Bruder«, grollt sie und dreht gedankenverloren an einem ihrer vielen Silberringe.

Vitaly ist so schlau, sich nach der Toilette zu erkundigen.

Angie erklärt ihm den Weg. Als er die Treppe hochläuft, denke ich, dass ich mich später für sein Feingefühl bedanken muss. Mit finsterer Miene sitzt Angie da, dann dreht sie sich zu mir um, jetzt schon freundlicher. »Kal, glaubst du … ich könnte demnächst mal deine Eltern kennenlernen?«

»Klar.« Nein sagen ist jetzt nicht angebracht, aber ich hoffe, ich kann sie hinhalten.

Ein schwaches Lächeln erscheint auf ihrem Gesicht, vielleicht weil sie glaubt, ihrem Bruder jetzt beweisen zu können, dass er sich irrt.

»Hat es einen bestimmten Grund?«, frage ich.

Sie rutscht näher und nimmt meine Hand. »Machen sie sich keine Sorgen, dass du so oft in der Schule fehlst?«

»Solange meine Noten gut sind, ist ihnen das egal.«

Angies Augen werden kurz größer. Wahrscheinlich findet sie mein Großer-böse-Junge-Gehabe spannend, von wegen, dass ich dauernd in der Schule fehle (aber trotzdem gute Noten schreibe) und bei Arbeiten schummele (aber dann den Stoff nachhole und bei der Abschlussprüfung brilliere … wie ich hoffe). Solange es nur so kleine Vergehen sind, findet sie das sicher aufregend und bewundert mich ein bisschen dafür. Das Gegenteil wäre der Fall, sollte sie jemals herausfinden, dass ich meinem Bruder geholfen habe, in einen Laden einzubrechen und einen Geldautomaten zu stehlen. Aber wie heißt es so schön? Was sie nicht weiß, macht sie nicht heiß.

Sie sieht auf ihr Handy.

»Wir sollten gehen.«

Oben stößt Vitaly zu uns. Angie reicht ihm seine Jacke. Dann holt sie einen alten grauen, orange gefütterten Parka raus. Der Reißverschluss ist kaputt und die Taschen sind ziemlich ausgeleiert. Sie gibt ihn mir. »Es ist zu kalt ohne Jacke, Kal. Der hat mal Marc gehört. Er trägt ihn nicht mehr.«

Als Vitaly und ich vor ein paar Stunden herkamen, war draußen kaum ein Auto zu sehen, jetzt sind beide Straßenseiten vollgeparkt. Tylers Haus ist hell erleuchtet wie eine Geburtstagstorte. Trotz der Kälte steht die Haustür offen, und die Leute strömen rein und raus. Von der Straße aus hört man laute Musik.

»Wie viele Leute hat Tyler eingeladen?«, fragt Vitaly nervös.

»Nicht so viele«, sagt Angie. Sie hat ein komisches Gefühl und geht schneller. Als wir an die Tür kommen, torkelt uns jemand entgegen, kniet sich in eine Schneewehe und übergibt sich.

Dann stehen wir im Haus. Alles ist voller Jugendlicher, die tanzen, trinken, rauchen, kiffen, rumknutschen, irgendwo gegenknallen. Tylers Eltern sind offensichtlich nicht da. Der Abend ist jetzt schon völlig außer Kontrolle.

[22]

»Die Hälfte von denen ist definitiv nicht von unserer Schule.« Vitaly muss brüllen, damit wir ihn bei dem Lärm verstehen. »Ich kapier nicht, dass die Nachbarn noch nicht die Polizei gerufen haben.«

Auf gar keinen Fall darf ich hier sein, wenn die Bullen kommen. Wenn das am Ende so läuft, dass die Polizei die Eltern anruft, damit sie ihre Kinder abholen kommen …

Angie will Tyler suchen. Ich bin kurz davor, ihr zu sagen, dass Vitaly und ich draußen warten, aber dann wird sie wissen wollen, warum, und außerdem will ich sie in dieser Situation nicht allein lassen. Vitaly und ich folgen ihr durch das Chaos. Jemand hat eine brennende Zigarette auf dem Esstisch liegen lassen, und der dicke Teppich ist von Bier durchnässt.

Oben entdecken wir Langley, eine Freundin von Tyler, die an eine Tür klopft. »Tyler? Tyler, alles okay bei dir?«

»Was ist mit ihm?«, fragt Angie.

»Zu viel getrunken«, sagt Langley. »Ich bin nicht sicher, ob er gerade kotzt oder ob er ohnmächtig ist.« Sie wendet sich an Vitaly und mich. »Könnt ihr die Tür aufbrechen?«

Und noch mehr Schaden anrichten? Tylers Eltern wären bestimmt begeistert. »Warte mal.« Ich ziehe einen gefälschten Ausweis aus dem Portmonee und schiebe ihn zwischen Türrahmen und Schloss. Angie schaut fassungslos zu, offenbar hat sie so etwas noch nie gesehen. Als die Tür aufgeht, laufen Langley und sie ins Zimmer. Tyler liegt zusammengerollt neben der Toilette.

»Tyler?« Langley rüttelt ihn an der Schulter.

Er stöhnt. Ein gutes Zeichen, schätze ich. Zumindest ist er bei Bewusstsein. Die beiden Mädchen versuchen, ihm aufzuhelfen.

»Können wir irgendwas tun?«, frage ich.

»Schmeißt die Leute raus«, sagt Langley.

Vitaly und ich gehen wieder runter und durch das Gedränge in die Küche, wo gerade ein Mädchen in die Spüle kotzt. Das hilft schon mal, ein paar Leute zum Gehen zu bewegen.

Vitaly greift nach dem Telefon an der Wand. »Neun eins eins?« Kluger Junge. Nicht von seinem Handy anzurufen. »Wir gehen am besten wieder zu Angie und warten.« Er hat genauso wenig Lust wie ich, hier zu sein, wenn die Bullen auftauchen. Seine Eltern bringen ihn um, wenn sie erfahren, dass er auf dieser Party war.

Ich schreibe Angie.

Rufen 911 an.

☺

Wie geht's Tyler?

Ok

Gehen wir zu dir?

:/ warum?

Vit darf nicht hier sein.

???

Erklär ich später.
Schreibst du Marc,
dass wir kommen?

Aber bevor Angie antworten kann, hören wir vorne jemanden brüllen: »Die Bullen!«

[23]

Alle greifen nach ihren Jacken und Mänteln und stürzen dann aus der Tür. Vitaly sieht sich panisch um. Jemand muss uns zuvorgekommen sein. Als er den Reißverschluss hochzieht und abhauen will, packe ich ihn am Arm. »Wenn du jetzt rausgehst, läufst du ihnen direkt in die Arme.«

Hinter einer Tür in der Küche liegt eine dunkle Treppe. Ich gehe mit der Handy-Taschenlampe voraus.

»Das ist keine gute Idee, Kal.« Vitalys Stimme klingt hoch und ängstlich. »Wenn die hier runterkommen, sitzen wir in der Falle. Die werden bestimmt …«

»Wir haben keine andere Wahl«, schneide ich ihm das Wort ab.

Bei Tyler im Keller stehen ein Fernseher, ein Sofa und ein Laufband. Daneben liegen ein paar Hanteln.

Über uns poltern schwere Schritte. Die Polizei ist im Haus.

Ich öffne die übrigen Türen – Abstellkammer, Waschküche, Abstellkammer.

»Und jetzt?«, zischt Vitaly.

In einer der Abstellkammern verstecken? In der Waschküche? Zwischen Waschmaschine, Trockner und Spüle ist nicht wirklich Platz.

Angie schreibt.

Wo seid ihr?

Keller.

!!!!

Was machen die Bullen?

Kontrollieren die Zimmer.

Vitaly und ich warten im Dunkeln.

»Und, bist du froh, dass wir hergekommen sind?«, flüstere ich.

»Vielleicht ist es besser so«, erwidert Vitaly. »Jetzt kann Tyler wenigstens nicht sagen, dass ich mich verziehen soll.«

»Bro, wenn du so denkst, warum bist du dann überhaupt gekommen?«

Vitaly grinst. »Stell dir mal vor, er hätte es *nicht* gesagt.«

Die Schritte kommen näher. Eine Tür knarrt. »Da geht's in den Keller«, sagt eine tiefe männliche Stimme.

»Wir sehen besser mal nach«, antwortet eine Frau.

Ich schiebe Vitaly in die Waschküche und schalte die Taschenlampe aus. Wir quetschen uns hinter die Tür.

***

Jemand trampelt die Treppe herunter. Vitaly und ich drücken uns Schulter an Schulter gegen die Wand, der blumige Waschmittelgeruch steigt uns in die Nase. Wenn die Polizisten einen Blick in den Raum werfen, sehen sie eine leere Waschküche. Wenn sie hinter die Tür schauen, sind wir erledigt.

Vitaly zittert so heftig, dass ich seinen Schlüssel in der Tasche klimpern höre. Er atmet wie ein Hund nach einem langen Sprint. Hauptsache, er wird nicht ohnmächtig.

»Sieh in den Kammern nach«, sagt die männliche Stimme. »Und stolpere nicht über die Hanteln.«

Inzwischen hat Vitaly ganz aufgehört zu atmen. Ich schreibe an Angie:

Bullen im Keller!

Keine Antwort.

Wir hören, wie sie die Türknäufe drehen. Die Türen quietschen. Ich behaupte einfach, dass meine Eltern im Urlaub sind. Ob sie mich mit Vitaly und seinen Eltern gehen lassen? Mr Umarov ist zwar streng, aber eigentlich ganz in Ordnung. Nur: Was, wenn sie mich nicht gehen lassen, ohne mit meinen Eltern gesprochen zu haben? Was, wenn sie herausfinden, dass ich mit meinem Bruder Amir zusammenwohne, der als illegal gilt? Sollte ich ihn besser warnen?

»Sieht nicht so aus, als wäre hier jemand«, sagt die Frau.

»Was ist mit der Waschküche?«, fragt der Mann.

Plötzlich leuchtet eine Taschenlampe an die Wand. Die Polizistin steht in der Tür, nur wenige Zentimeter von uns entfernt. So nah, dass ich ihr Parfüm riechen kann.

[24]

»Entschuldigung?« Das ist Angies Stimme. »Officers?«

Ich stelle mir vor, wie sie oben an der Treppe steht.

»Ja?«, antwortet die Polizistin direkt neben uns.

»Wir haben oben auf dem Dachboden Geräusche gehört. Könnten Sie mal nachsehen?«

Keine Antwort.

Vitaly zittert immer noch. Die Zeit scheint stillzustehen.

»Hier unten ist niemand«, sagt der Mann. »Lass uns wieder hochgehen.«

Eine Stufe knarrt. Dann noch eine. Im Keller wird es dunkel.

Vitaly stößt einen tiefen, erleichterten Seufzer aus. »Allahu Akbar.«

***

Allah war nicht immer für mich da. Er war wie die Sonne, manchmal leuchtete er hell und stark, manchmal versteckte er sich hinter den Wolken. Sogar während des Ramadans vergaß ich manchmal, dass es ihn gab. Aber in letzter Zeit spielt er wieder eine größere Rolle für mich. Vielleicht weil meine Eltern weg sind und niemand mir sagt, was ich tun soll und was nicht. Vielleicht weil ich mit Amir zusammenlebe, der sich zu einem strengen Gläubigen entwickelt hat und wie alle anständigen Moslems fünfmal am Tag betet. Wenn der Koran so etwas wie Ordnung in eine ungeordnete Welt bringt, warum nicht? Wenigstens hat man das Gefühl, dass das Leben eine Richtung bekommt.

Obwohl die Polizisten wieder oben sind, rühren Vitaly und ich uns nicht von der Stelle. Wir kommen uns vor wie Mäuse in der Falle. Vorsichtig trete ich hinter der Tür hervor.

»Was machst du?«, flüstert Vitaly.

»Keine Angst, ich geh nicht weg.« Vitaly ist mein bester Freund, aber manchmal ist er so ängstlich, dass es nervt.

Ich schicke Angie eine Nachricht:

Danke.

***

Wir warten in der Dunkelheit. Angst ist zu einem ständigen Begleiter in meinem Leben geworden. Ich gehe zu einer Party, und es endet damit, dass ich mich im Keller verstecke. Ich gehe zur Schule und muss mich am Schulbüro vorbeischleichen. Ich gehe nach Hause und rechne damit, dass die Polizei vor der Tür steht, um mich wegen eines Geldautomatendiebstahls zu verhaften. Es ist würdelos, Angst zu haben und sich verstecken zu müssen. Hier in Amerika, der Heimat der Freien, dem Land der Tapferen, fühle ich mich weder frei noch tapfer.

»Ich weiß nicht mehr, was ich von diesem Land halten soll.« Die Worte kommen mir wie von allein über die Lippen.

»Ich dachte, du findest es so toll hier«, sagt Vitaly.

Das dachte ich auch. Aber ich habe immer mehr Zweifel. Und da ist noch etwas, was mich stört. Jedes Jahr feiern die Moslems das Ende des Ramadans mit einem großen Fest, ’Īd al-Fitr. Das ist immer eine Wahnsinnsparty und einer der fröhlichsten Tage im Islam.

»Hast du gesehen, was die Leute hier für ein heilloses Chaos veranstaltet haben? Die haben alles kaputt gemacht, Bier ausgeschüttet, brennende Zigaretten liegen gelassen … Wenn man davon träumt, in so einem Haus zu wohnen, dann macht man doch so was nicht, oder?«

Vitaly legt mir die Hand auf die Schulter. »Ganz ruhig, Amir. Ups, ich meine natürlich, Khalil.«

[25]

Angie hat eine Nachricht geschickt. Die Polizei ist weg, wir können hochkommen. Ohne die ganzen Leute sieht das Wohnzimmer noch schlimmer aus als vorher. Überall liegen Flaschen, Dosen und Essen.

Angie nimmt mich beiseite und flüstert: »Warum habt ihr euch versteckt?«

Ich werfe kurz einen Blick in Vitalys Richtung und flüstere zurück: »Seine Eltern sind total streng. Wenn die wüssten, dass er hier ist, kriegt er einen Monat Hausarrest.«

Angie sieht mich skeptisch an, also wechsle ich das Thema. »Braucht die Polizei keinen Durchsuchungsbefehl?«

»Irgendein Idiot hat seine Wasserpfeife auf dem Wohnzimmertisch stehen lassen. Die Bullen haben sie gesehen. Anscheinend gibt es ein Gesetz, dass sie dann einfach so reinkommen können.«

»Haben sie deinen Vater angerufen?«, frage ich.

Sie nickt. »Er meinte, es sei okay, wenn ich so lange bleibe, bis Tylers Eltern nach Hause kommen. Sie sind in circa einer Stunde da.«

»Wo ist Tyler?«

»In der Küche. Langley kocht Kaffee.«

Ich schaue mich um. »Seine Eltern bringen ihn um, wenn sie das sehen.«

Ein schiefes Grinsen kräuselt Angies Lippen. Andere Bereiche meines Lebens mögen von Angst und Demütigung bestimmt sein, aber in ihren Augen bin ich ein Held.

Wir laufen mit schwarzen Müllsäcken durchs Haus und sammeln Dosen und Flaschen ein. Wir fegen, saugen, wischen, rücken Möbel zurecht, stopfen Schüsseln und Gläser in den Geschirrspüler. Angie googelt, wie man Bier aus einem Teppich kriegt, und kommt mit einer Lösung aus Essig, Spülmittel und warmem Wasser an.

Vitaly und ich kleben gerade eine kaputte Lampe mit Sekundenkleber zusammen, als Tyler mit trübem Blick aus der Küche gewankt kommt.

»Stan, the Man.« Er klingt überrascht. Er sieht zu Vitaly rüber, sagt aber nichts.

»Alles klar?«, frage ich.

»Jedenfalls schon besser.« Er sieht sich um. »Angie meinte, hier sieht alles aus wie Sau. Geht aber, finde ich.«

»Weil wir wie die Irren geputzt haben«, sagt Angie mit Küchenpapier und Glasreiniger in der Hand.

»Hier, Tyler, guck mal«, sagt Vitaly etwas übereifrig und zeigt auf die Lampe, die wir repariert haben.

Tylers Blick wandert zu Vitaly. Er sieht ihn verächtlich an. Vitalys Versuch, sich bei ihm einzuschmeicheln, scheint ihn nicht zu beeindrucken. Er beugt sich vor und inspiziert die Lampe. »Nicht schlecht, aber wenn man genauer hinschaut, sieht man, dass sie kaputt ist.«

»Dann hoffen wir mal, dass sie das nicht tun«, sage ich. »Jedenfalls nicht heute Abend.«

Tyler sieht mich an und nickt leicht.

***

Es ist spät, wir sind wieder bei Angie. Ich telefoniere mit Amir. Er hat gerade gesagt, dass Marat und er uns abholen.

»Danke. Wir warten bei …«

»Ich weiß, wo du bist«, unterbricht er mich. »Wir kommen dahin.«

Dann legt er auf. Vitaly und Angie sitzen am Küchentresen und starren auf ihre Handys. Niemand sagt etwas. Ich schätze, wir sind alle müde und haben keine Lust zu reden. Insgeheim frage ich mich, woher Amir weiß, wo er uns abholen soll, zumal ich mich von Marat vorhin extra ein paar Straßen weiter beim Park habe absetzen lassen. Außerdem muss ich immer wieder daran denken, wie die Kids Tylers Haus zugerichtet haben und dass so etwas in unserer Kultur nie passieren würde. Klar, die Jugendlichen gehen mal aus und betrinken sich. Die Eltern vielleicht sogar auch. Aber alles kaputt machen? Niemals.

Vielleicht ist das das Verrückte an diesem tollen, verrückten Land. Wie Tash schon sagte, niemand macht irgendetwas heil. Wenn es so einfach ist, alles neu zu kaufen, kann man die Sachen ja ruhig kaputt machen.

Vitaly zeigt auf eine der Türen. »Warum ist das aus Glas?«

Angie runzelt die Stirn. »Der Türknauf? Keine Ahnung, hat man früher so gemacht.« Ihr Blick huscht zu mir, dann rutscht sie von ihrem Hocker. »Soll ich dir mal was Cooles zeigen?«

So wie sie mich angesehen hat, will sie offenbar nur Vitaly mitnehmen. Die beiden gehen nach unten.

»Hast du ihn allein gelassen?«, frage ich, als sie wiederkommt.

»Er ist in Dads Werkstatt. Da liegt jede Menge altes Zeug rum.«

Sie setzt sich neben mich und lässt ihre braunen Strähnen zwischen Daumen und Zeigefinger durchgleiten. »Warum hast du dich versteckt, als die Polizei kam?«

»Hab ich dir doch gesagt. Wenn Vitalys Eltern hören …«

Angie sieht mir in die Augen, und wieder fragt ihr Blick, ob sie mir glauben soll. Hat sie etwas gehört, was ihr Anlass zum Zweifeln gibt? Aber wie soll ich ihr die Wahrheit sagen? Würde sie verstehen, dass in Wirklichkeit *ich* mich verstecken musste, weil wenn die Polizei Fragen gestellt hätte, sie schnell herausgefunden hätten, dass ich mit einem Bruder zusammenwohne, der als illegal registriert ist? Würde sie verstehen, dass damit mein Leben hier in Amerika beendet wäre? Dass, wenn Amir ausgewiesen wird, ich mit ihm gehen muss. Weil er sich ansonsten vollkommen verraten vorkäme. Wir waren immer zusammen und immer füreinander da. Vitaly ist vielleicht mein bester Freund, aber selbst er ist meilenweit entfernt von Amir, der, seitdem ich denken kann, mein Anführer, mein Beschützer, mein Anker ist.

Angie mag sich Gedanken um ihre Noten machen, um die Schule, Freunde und auch um Politik, aber sie musste sich noch nie Sorgen um ihre Existenz machen. Sie hat keine Ahnung, was es bedeutet, mit dem Wissen zu leben, dass, sobald ein Polizist Amir nach seinem Ausweis fragt, unser Leben hier zu Ende ist. Amerikanische Jugendliche lügen hin und wieder, um keinen Ärger zu kriegen. Aber sie wissen nicht, was es heißt, lügen zu müssen, um zu überleben.

»Das ist der Grund?«, sagt Angie schließlich. »Nur wegen Vitalys Eltern?«

»Warum sonst?«

Sie zuckt mit den Schultern, legt ihre Hand auf meine und setzt ein Lächeln auf, aus dem ich lese, dass sie hofft, ich sage die Wahrheit. Während wir hier in Angies Küche sitzen, muss ich an das Gespräch denken, das Vitaly und ich zwischen Angie und ihrem Bruder mit angehört haben, bevor wir zu der Party gegangen sind. Marc ist schuld daran, dass sie auf einmal an mir zweifelt.

[26]

»Ihr seid uns vom Park aus gefolgt?«, frage ich im Auto, als Marat und Amir Vitaly und mich bei Angie abholen. »Deshalb wusstet ihr, wo wir sind?«

Marat fährt. Mein Bruder dreht sich zu uns um. »Wer wohnt da?«

»Jemand aus der Schule«, antworte ich.

Ich kriege eine Nachricht. Von Vitaly, der neben mir sitzt:

Diese Augenbrauen!!!

»Das Mädchen?«, fragt Amir. Er hat seit Längerem aufgehört, sich die Stelle zwischen den Augenbrauen zu rasieren. Das ist nichts Religiöses wie sein Bart. Er kümmert sich einfach nicht mehr um so etwas.

»Nein.«

»Lüg nicht«, zischt Amir. »Kein Junge lädt dich freitagabends zu sich nach Hause ein.»

»Warum nicht?«, entgegne ich.

Mein Bruder antwortet nicht. Ich verstehe immer weniger, wie er tickt. Liegt das an den ganzen islamistischen Blogs und Videos, die er sich in letzter Zeit reinzieht? Daran, was ihm seine radikalen Freunde auf Twitter oder Facebook sagen? Glaubt er deswegen jetzt, amerikanische Jungs würden an einem Freitagabend keine Typen wie mich oder Vitaly zu sich einladen? Und deshalb muss da ein Mädchen wohnen?

Noch eine Nachricht von Vitaly.

Kannst du es ihm nicht sagen?

Was denn?

Na, die Augenbrauen!!!!!

Ist ihm egal.

Jetzt wendet sich Amir an Vitaly. »Ihr wart bei dem Mädchen, stimmt's?«

Vitaly schüttelt den Kopf.

»Du lügst. Ich mach dich platt.« Um seinen Worten Nachdruck zu verleihen, fordert er Marat auf, rechts ranzufahren.

Ich muss die Atmosphäre hier drin unbedingt etwas auflockern. »Komm schon, Amir, es ist mitten in der Nacht. Wir sind total hinüber«, lenke ich ein.

»Ich mein das ernst«, knurrt Amir Vitaly an.

Der Wagen hält auf dem Seitenstreifen. Vitaly hat die Augen voller Panik aufgerissen. Amir ist groß und drahtig genug, um einem Angst einzujagen, wenn er will.

»Und?«

»Da … da waren auch Mädchen«, stammelt Vitaly. »Aus der Schule.«

»Wusst ich's doch.« Amir nickt. Auch in dieser Hinsicht hat er sich verändert. Nicht nur, dass er fünfmal am Tag betet, halāl isst und jede freie Minute auf irgendwelchen Extremisten-Websites verbringt. Auch seine Einstellung gegenüber Frauen hat sich total verändert. Manchmal würde ich ihn am liebsten daran erinnern, dass er noch vor nicht allzu langer Zeit kaum in die Moschee ging, alles außer Schweinefleisch aß und wie jeder andere junge Mann Mädchen angegafft hat. Ich tue es aber nicht. Und zwar nicht nur, weil es ihm nicht gefallen wird, vor Marat und Vitaly erniedrigt zu werden. Sondern weil ich ihn für das, was er tut, irgendwie auch bewundere … Sich Allah zu unterwerfen, ein ernsthaftes, sinnvolles Leben führen zu wollen. Vor allem, nachdem ich heute Abend mit ansehen musste, was die Leute bei Tyler für ein Chaos angerichtet haben. Was würde passieren, wenn die ganze Welt so drauf wäre? Was würde aus uns werden? Aus genau diesem Grund brauchen wir eine höhere Gewalt, die für Ordnung sorgt.

Jetzt wo Vitaly zugegeben hat, dass auch Mädchen da waren, lässt Amir Marat weiterfahren. Aber er sieht immer noch zu uns nach hinten. Wahrscheinlich hält er uns gleich einen Vortrag. »Wisst ihr, was der Koran sagt? Allah hat den Menschen in einer Welt der Fitnas, der Prüfungen und Versuchungen, erschaffen. Das Paradies ist für die, die Seine Freude über die eigene stellen. Das Höllenfeuer ist für die, die Ihn missachten und die eigene Freude über die Seine stellen. Und die größte Fitna, die größte Prüfung für uns sind die Frauen.«

Vitaly schreibt.

Imam Amir :-/

Er ist Salafist.

Spaßbremse

Das musst du respektieren, Bro.

»Ich erzähl euch was über amerikanische Mädchen«, fährt Amir fort. »Wisst ihr, was ein Moslem für sie ist? Ein Spielzeug. Eine süße kleine Rebellion, um ihre Freundinnen und Eltern ein bisschen zu schockieren. ›Guck mal, Mama, ich bin mit einem Terroristen zusammen.‹ Ein Witz ist das … Du bist ein Witz, kleiner Bruder. Die nehmen dich nie ernst. Niemand nimmt dich ernst, solange du dich nicht Allahs Willen unterwirfst.«

Es verblüfft mich jedes Mal, wie er Dinge erklärt, von denen er eigentlich keine Ahnung haben kann. Mir ist klar, dass Angie mich zum Teil deswegen interessant findet, weil ich so anders bin. Aber ein Spielzeug bin ich nicht für sie, da irrt er sich.

Uns verbindet etwas. Sicher, über manche Dinge kann ich nicht mit ihr sprechen. Aber über andere kann ich *nur* mit ihr sprechen, zum Beispiel über unser Lieblingsthema Heuchelei.

»Es gibt keine wahre Liebe ohne die Ehe«, erklärt Amir.

Vielleicht ist es einfach viel zu spät, jedenfalls wird seine Selbstgerechtigkeit allmählich anstrengend. Ich weiß, dass er Recht hat, aber trotzdem. Mein großer Bruder, der Liebesexperte? *Warte, Amir, wann hast du noch das letzte Mal mit einem Mädchen geredet?*

»Wisst ihr, was mit einem Mädchen passiert, das vor der Ehe Sex hat? Es ist erledigt. Für immer. So was kann man nicht rückgängig machen. Nicht wie mit Alkohol oder Zigaretten, wo man einfach aufhören kann und alles ist wieder gut. Wenn ein Mädchen Sex hatte, war's das. Schluss, aus, vorbei. Es ist keine Jungfrau mehr. Es hat seine Unschuld und Keuschheit für immer verloren.«

Vitaly schreibt:

Ich dachte, Allah vergibt alle Sünden?

Wir halten vor Vitalys Haus. Es ist alt, wird aber gerade saniert. Im Mondlicht sieht man die blaue Baufolie leuchten, auf den Fenstern kleben noch Energieausweise. Im Haus ist es dunkel. Bis auf ein paar Laternen ist die ganze Straße dunkel. Aber was soll man erwarten? Es ist fast 2:00 Uhr.

Vitaly gähnt und will die Tür öffnen.

»Warte«, sagt Amir.

Vitaly schickt mir einen Was-denn-jetzt-schon-wieder-Blick.

»Hört zu, ihr beiden«, beginnt Amir, jetzt schon freundlicher und nicht mehr so autoritär wie eben. »Glaubt nicht, dass ich nicht weiß, wie es in der Highschool ist. Die ganzen unverhüllten Mädchen, die einen völlig verrückt machen mit ihren engen, kurzen Klamotten. Man hat das Gefühl, zweigeteilt zu sein. Der anständige, rechtschaffene Mensch, der man gern sein will, und der schwache, der in Versuchung gerät und dauernd an verbotene Sachen denkt.«

»Wir sollen den Blick senken«, sage ich, weil ich müde bin und weiß, was er hören will.

Amir nickt. »Das ist alles Fitna. Aber glaubt mir, wenn ihr dem richtigen Pfad folgt, wird der Weg irgendwann klarer. Den Frommen erwarten im Himmel die Jungfrauen.«

»Genau.« Vitaly will endlich gehen und stößt die Tür auf. »Danke fürs Mitnehmen.«

Peng. Die Tür schlägt zu, bevor Amir noch etwas sagen kann. Mein Handy vibriert. Vitaly:

Wart's ab, bis die Jungfrauen im Himmel
diese Wahnsinns-Augenbrauen sehen!

***

In der Wohnung ist es mal wieder eisig. Ich behalte Marcs Jacke an. Amir öffnet sofort seinen Laptop. »Das musst du dir angucken.«

»MaĐka hat den ganzen Tag noch nichts gegessen.« Ich gehe in die Küche und mache eine Dose Friskies auf. »Die muss völlig ausgehungert sein.«

»Sieht aber fetter aus als den ganzen Sommer über«, grummelt Amir.

Ich puste mir in die Hände, um sie zu wärmen. »Das ist ihr Winterfell.«

»Hier.« Amir winkt mich zu sich. »In einem Militärstützpunkt in Watertown gab es heute eine Schießerei.«

Im Video sitzt ein bärtiger Mann im Schneidersitz vor einem offenen Koran. Er trägt einen weißen Kaftan, eine Brille mit Drahtgestell und eine Gebetskappe. Er sieht aus wie ein Gelehrter, nicht wie die jungen bewaffneten Dschihadisten in den Videos, die Amir mir sonst immer zeigt. In der Ecke vom Bildschirm steht »Terrorist tötet vier Menschen in Fort Reynolds.«

»Schau dir das an«, sagt Amir und verschwindet auf die Toilette. Kaum hat er die Tür zugemacht, gehe ich auf YouTube und gebe LOSER-EINBRECHER ein. Fast 200.000 Klicks. Aber vielleicht ist das ja eine gute Nachricht? So viele Leute, und immer noch keine Polizei, die unsere Tür aufbricht.

Zurück zu Amirs Video. Der Mann mit dem Bart spricht gutes Englisch, ruhig, aber bestimmt: »Rafik Mohammadi ist ein Held und ein Märtyrer. Er ist ein Mann mit einem Gewissen, der es nicht länger ertragen konnte, als Moslem in Amerika zu leben, einem Land, dessen Armeen sein Volk vernichten. Die USA behaupten, einen Krieg gegen den Terrorismus zu führen, der in Wirklichkeit ein Krieg gegen den Islam ist. Sie sind in zwei muslimische Länder einmarschiert und kontrollieren durch ihre Marionettenregierungen den restlichen Nahen Osten. Die heldenhafte Tat Bruder Mohammadis verdeutlicht das Dilemma der muslimisch-amerikanischen Gemeinde. Man wird zunehmend gezwungen, eine Haltung einzunehmen, die entweder den Islam verrät oder die angeblich friedlichen, freiheitsliebenden Vereinigten Staaten, die in Wirklichkeit seit fast drei Jahrzehnten Krieg gegen unser Volk führen. Kein anständiger Moslem kann in einem Land wie Amerika leben und dabei seine Pflicht gegenüber dem Schöpfer und den Glaubensbrüdern erfüllen.«

Hier endet das Video. Ich fühle mich, als hätte dieser bärtige alte Mann direkt zu mir gesprochen. Meistens komme ich mir nicht gerade wie ein anständiger Moslem vor. Aber wenn ich einer wäre, würde es das Leben hier nicht unbedingt leichter machen. Was soll ich also tun?

[27]

Montagmorgen. Zu kalt, um unter der warmen Decke hervorzukommen. Was hat es überhaupt noch für einen Sinn, in die Schule zu gehen? Ich hab sowieso schon zu oft gefehlt. Ich bekomme weder ein Stipendium noch sonst irgendeine Förderung fürs College. Trotzdem kann ich immer noch das Gesicht von Vitalys Firma werden. Wenn man nur seinen Charme spielen lassen und die Leute dazu bringen soll, ihr Geld zu investieren, wozu muss man dann zur Schule gehen?

Also sehe ich mir das Video von einem Typ an, der irgendwelchen Alltagskram explodieren lässt – Milchtüten, Wassermelonen, Rasierschaum … Sachen, bei denen man sich schon immer gefragt hat, wie es wohl aussieht, wenn man sie in die Luft jagt. Macht jedenfalls Spaß zu gucken.

Danach klicke ich Videos von Leuten an, die Sachen mit Tannerite hochgehen lassen. Das ist richtig cool. Ein beliebtes

Ziel sind Autos. Man stellt einen 15-Kilo-Eimer Tannerite in eine alte Schrottkiste und ballert aus ein paar Hundert Metern Entfernung mit dem Gewehr drauf. Wenn man das Tannerite trifft, wird das Ding in tausend Stücke gesprengt.

Am besten ist die Wiederholung in Zeitlupe. Rauch, Feuer, Trümmer fliegen durch die Luft, qualmende Brocken donnern zu Boden. Das würde ich gerne mal zusammen mit Amir bei einer der Karren aus dem Autoverleih machen.

Auf jeden Fall sollten wir zu der Schießanlage gehen, wo man Maschinengewehre leihen kann. Und dann drauflosballern, bis alles nur noch Schutt und Asche ist. Das hat so was Befriedigendes.

Lautes Klopfen an der Tür schreckt mich auf. MaÐka springt vom Sofa und verschwindet. Ich erstarre, in höchster Alarmbereitschaft. Uns kommt nie jemand besuchen, und wenn, dann ruft er vorher an.

»Khalil Yasin?«, fragt eine männliche Stimme.

Mein Herz rast. Ich schiebe den Laptop beiseite und setze mich auf. Das Blut steigt mir in den Kopf. Vorsichtig greife ich nach den kalten Klamotten auf dem Fußboden.

Wieder klopft es. »Khalil Yasin?«

Ich antworte nicht.

Bis auf meinen Herzschlag ist alles still. Wer immer da draußen war, ist vielleicht gegangen. So leise wie möglich stehe ich vom Sofa auf und schleiche zur Tür.

Draußen ist Geflüster zu hören. »Sind Sie sicher, dass er da ist?«

»Ist nicht weggegangen heute Morgen.« Das ist Mrs Zent. Wer sollte das auch sonst wissen?

Als es noch mal laut klopft, weiche ich erschrocken zurück. »Ich weiß, dass du da drin bist. Wenn du nicht Khalil bist, mach einfach die Tür auf. Du hast nichts zu befürchten.«

Ich gehe zurück zum Sofa, ziehe mir Marcs Parka über und schlüpfe in meine Schuhe.

»Okay, Khalil«, sagt die Stimme. »Wenn ich mit einem Gerichtsbeschluss wiederkommen muss, um mir rechtmäßigen Eintritt zu verschaffen, dann werde ich das tun. Das bedeutet, dass ich diese Tür aufbrechen lassen kann und …«

»Oh, nein, bitte, Mister, nicht!«, keucht Mrs Zent.

»Aber ich denke, deine Vermieter werden davon nicht begeistert sein.« Klingt nicht nach Polizei. Klingt, als wäre der Mann allein da. Im Film kommt die Polizei nie allein, um jemanden festzunehmen. Wer also ist das? Fragen kann ich ja schlecht.

»Okay, du willst es offenbar nicht anders«, sagt die Stimme. »Ich komme wieder.«

Ich muss wissen, wer das ist und woher er kommt, denn wenn er von der Einwanderungsbehörde ist, muss ich Amir warnen, dass er sich nicht mehr hier blicken lassen darf.

Abgesehen von der Tür ist der einzige Ausgang aus unserer Wohnung ein kleines Fenster, von dem ich nicht sicher bin, ob ich durchpasse.

Ich schiebe einen Stuhl rüber und steige drauf. Das Fenster öffnet sich wie eine Hundeklappe nach oben und führt auf einen schmalen Durchgang. Ich schlängele meinen Kopf und rechten Arm hindurch, dann die linke Schulter. Meine Fingernägel berühren den kalten Beton. Dann stecke ich fest. Wahrscheinlich hat sich meine Jackentasche am Fensterriegel verfangen.

Nach hinten greifen geht nicht. Ich kann nur versuchen, mich aus der Jacke zu winden. Endlich bin ich draußen und liege mit dem Bauch auf den kalten, dreckigen Steinen.

Hinter mir schlägt das Fenster zu, die Jacke klemmt im Rahmen fest.

Ich springe auf die Füße, renne den Durchgang entlang und verstecke mich hinter einer Mülltonne. Von hier aus kann ich einen Blick auf die Straße werfen. Ich sehe gerade noch, wie ein Mann in blauer Polizeiuniform das Haus verlässt und in einen dunkelgrünen Wagen steigt. Auf der Tür steht *Schulamt Emerson, Streifendienst.* Woher wissen die, wo Amir und ich wohnen? Ist mir etwa jemand nach Hause gefolgt?

Trotzdem bin ich erleichtert, dass es weder jemand von der Einwanderungsbehörde wegen Amir ist noch die Polizei wegen des Geldautomatendiebstahls. Und jetzt? Das Fenster ist zu, und wenn ich vorne durch die Tür will, sieht mich Mrs Zent. Ich wette, sie ruft den Typ sofort an, damit er zurückkommt.

Der Wagen fährt los. Ich komme hinter der Mülltonne hervor. Meine Hose ist am Knie aufgerissen, und der Kapuzenpulli eingesaut. Ich versuche, den Dreck abzuklopfen, sehe aber immer noch aus wie ein Bauarbeiter, der gerade ein Haus abgerissen hat. Oder schlimmer, wie ein Penner.

Leute laufen vorbei, in Mäntel gehüllt, die Mützen tief ins Gesicht gezogen. Ein starker, nasskalter Wind weht Plastiktüten und Becher durch die Straße. Die feuchte Kälte kriecht einem in die Knochen. Ich könnte mich in die Schule schleichen, aber da mich die Streife sucht, ist das vielleicht keine so gute Idee. Mit steifen Fingern schreibe ich Amir.

Komm nicht nach Hause.

???

Schulamt-Streife war hier.

Dann an Vitaly:

Bro, kann ich zu euch?

Wo bist du?

Straße

Komm in die Schule.

Zu spät. Besser zu euch.

Ok

Das neue alte Haus der Umarovs steht in einer Straße neben heruntergekommenen Bruchbuden mit absackenden Veranden, kaputten Fenstern und schiefen Fensterläden. Manche Häuser wurden entkernt und grundsaniert. Hier und dort hängen blaugrüne *Habitat-for-Humanity*-Schilder, und selbst an diesem scheußlichen, windigen Tag hört man die Leute sägen und hämmern.

Paul steht mit seiner Hotelpagenkappe auf der Veranda, eine Zigarette zwischen den behandschuhten Fingern. Die rote Pagenuniform guckt unter dem dicken schwarzen Parka hervor. Paul ist der Mann von Vitalys Schwester Malika, ein gut gelaunter, pummeliger Kerl mit Ziegenbart. Malika und er sind seit einem Monat verheiratet, und Vitaly sagt, alle in der Familie lieben ihn.

Er lächelt, als ich auf die Veranda komme. Stolz zeigt er auf das Haus. »Is schön, oder?«

»Auf jeden Fall.«

»Du Freund von Vitaly? Geh rein. Hier is kalt.« Sein Englisch ist nicht besonders gut. Vitaly sagt, er ist erst seit fünf Jahren hier.

Die neue Haustür ist noch nicht gestrichen. Ich klopfe und werde von Malika begrüßt, die einen Hammer in der Hand hält. In ihren langen schwarzen Haaren kleben Sägespäne.

»Khalil!« Sie umarmt mich und drückt mir ihren dicken festen Bauch entgegen. Dann sieht sie zu Paul rüber und tut so, als würde sie mit ihm schimpfen. »Komm nicht zu spät zur Arbeit, *dada.*«

»Ich hab noch Minute, *mama*«, antwortet Paul und klopft die Asche seiner Zigarette ab.

Malika begutachtet meine verdreckten, zerrissenen Klamotten und runzelt die Stirn. »Gehst du ohne Jacke aus dem Haus?«

»Ich hatte es eilig.«

»Ah.« Sie weiß, was »eilig« bedeutet und wundert sich sicher, warum ich nicht in der Schule bin.

Vitalys Vater, ein kleiner Mann mit Halbglatze, begrüßt mich in Zimmermannsschürze, die Taschen voller Werkzeug. »Khalil! Willkommen in Wunderhaus!«

Drinnen ist es warm. Bretter liegen auf Böcken, und es riecht nach Sägespänen. Vier umgedrehte Getränkekisten um eine große hölzerne Kabeltrommel dienen als Stühle und Tisch.

Mr Umarov bietet mir einen Platz an und bittet seine Tochter, uns Brot und Tee zu holen.

»Ich will Sie nicht von der Arbeit abhalten«, sage ich.

»Also wirklich, Khalil. Ich warte ganze Tag darauf. Wir machen nichts sonst. Entweder Arbeit im Job oder Arbeit im Haus.« Vitalys Vater fährt mit dem Arm herum. »Aber ist nicht schön?«

Ich nicke. Das Haus wird sicher aussehen wie neu, wenn sie hier erst mal fertig sind.

»Ist Wunder«, erklärt Mr Umarov. »Ich komme in diese Land mit nichts. Nur mit Kleider auf Rücken. Sie geben mir Job, und wenn ich mache ein paar Jahre gut, zahle Steuern und keine Ärger, eines Tages sie kommen und sagen: ›Willst du Haus haben?‹ Und ich sage: ›Ja, klar, aber kann ich mir nicht leisten.‹ Und sie sagen: ›Wie viel kannst du leisten?‹ Und plötzlich«, er fuchtelt wieder mit den Armen herum, »ich habe Haus!«

Die Tür geht auf, und Paul steckt den Kopf herein. »Ich gehe zu Arbeit, *papa.*«

Mr Umarov lächelt gütig und winkt ihm nach. Als die Tür zugeht, beugt er sich zu mir und flüstert: »Einen Monat sie sind verheiratet und schon er nennt mich *papa?*« Er hält sich den Finger an die Stirn. »Nicht viel Köpfchen, aber große Herz. Wird bestimmt gute Vater. Ich hoffe nur, Baby kriegt Köpfchen von unsere Seite von Familie.«

Malika kommt mit einem Tablett zurück und stellt es auf die Kabeltrommel. Während sie uns Tee eingießt, schmieren wir Butter auf das Kartoffelbrot.

»Warst du gar nicht in der Schule heute, Khalil?«, fragt sie.

»Ich musste was erledigen.«

Ihrem verkniffenen Lächeln entnehme ich, dass sie ihre Zweifel hat.

»Nichts ist wichtiger als Schule, Khalil«, lautet Mr Umarovs väterlicher Rat. »Sonst wirst du Schlachter wie ich und schneidest ganze Tag Fett.«

»Vitaly rechnet damit, dass ihr zusammen aufs College geht«, fügt Malika hinzu. »Du doch auch, oder?«

Ich schaue zu Boden. Komisch, dass ich einer Schuldirektorin oder einem Polizisten, ohne zu zögern, ins Gesicht lügen kann. Vielleicht weil es dann nur mich betrifft. Aber mit Vitaly ist das etwas anderes. Wir alle wissen, dass er von mir abhängt. Und damit auch die Hoffnungen und Träume seiner Familie für ihn.

[28]

Wenn Vitaly also nicht aufs College geht, weil ich nicht gehe, ist es dann meine Schuld?

Diese Frage geht mir in den nächsten Stunden immer wieder durch den Kopf, während ich Mr Umarov und Malika bei der Arbeit helfe. Es ist ein gutes Gefühl, etwas zu bauen. Vielleicht sollte ich Tischler werden, mit den Händen arbeiten, etwas erschaffen, was man sehen und anfassen kann, statt unsichtbare elektronische Codes zu verkaufen, die in einer gespenstischen Wolke herumschwirren.

Die Haustür geht auf, und Vitaly trottet mit seinem schweren Rucksack herein und nimmt seine Wollmütze ab. Er hat die Krawatte an, wie seine Eltern es von ihm erwarten. Als er meinen schmutzigen Kapuzenpulli und die zerrissene Hose sieht, runzelt er die Stirn. »Was hast du gemacht?«

»Bin auf dem Eis ausgerutscht.«

Er weiß, dass das nicht stimmt, belässt es aber dabei. »In die Küche!«, befiehlt er.

Kurz darauf stöbert er in den brandneuen Küchenschränken nach etwas zu essen. »Hast du endlich Paul kennengelernt?«, fragt er.

»Was ist das für ein Name?«, frage ich leise, weil Malika nebenan arbeitet und ich nicht will, dass sie mich über ihren Mann reden hört.

Vitaly flüstert mir über die Schulter zu: »Glaubst du, mit seinem richtigen Namen findet er einen Job? Er heißt Abdulmezhid. Da kriegen die Leute schon Kopfschmerzen, wenn sie das aussprechen sollen. Sobald unsere Firma läuft, stellen wir ihn ein und geben ihm irgendwas Einfaches zu tun. Wir zahlen ihm ein gutes Gehalt, damit Malika zu Hause bleiben und sich um die Kinder kümmern kann.«

»Ja, ich hab gesehen, dass Malika …« Ich forme mit den Händen eine Kugel. »Nach einem Monat?«

Vitaly grinst. »Ist doch jetzt egal. Wichtig ist, dass das Kind hier zur Welt kommt und amerikanischer Staatsbürger wird wie du, Glückspilz. Und ich bin dann Onkel Vitaly.« Er schleudert eine rot-weiß-blau-gelbe Tüte Brot auf den Tisch. »Und zu Ehren von meinem zukünftigen Neffen oder Nichte essen wir heute wie die Amerikaner! Weißt du, warum das hier *Wonder Bread* heißt? Weil man sich wundert, dass so was Brot sein soll. Guck mal.«

Vitaly zieht eine seiner Shows ab. Mit einem Messer schneidet er die Kruste ab, so dass ein dünnes schneeweißes Quadrat übrig bleibt. Das drückt er zusammen, bis es so groß wie eine Kirsche ist. »Sieh dir das an.« Er beißt es in der Mitte durch. »Was ist es jetzt? Ein Karamellbonbon?«

»Karamell ist nicht weiß, Vit.«

»Ich weiß, ich weiß, aber man wundert sich schon, oder?«, fragt er. »Das Wunder-Brot!«

»Ich lach mich gleich tot, Vit«, erwidere ich. »Und was hat das bitteschön mit ›wie die Amerikaner essen‹ zu tun?« Es ist kurz vor fünf, und ich habe heute nur Tee getrunken und eine Scheibe Kartoffelbrot gegessen. Mir knurrt der Magen.

Vitaly holt Erdnussbutter und Marmelade aus dem Schrank und zwinkert mir zu. »Jetzt nimmt das Wunder seinen Lauf.«

Vielleicht sollte ich mich eher über Vitaly wundern. Dass er wegen eines blöden Sandwiches so ein Theater macht.

Amir schreibt.

Wo bist du?

Bei Vitaly.

Bleib da.

??

Er antwortet nicht.

»Nun kommen wir zu der entscheidenden Frage, Bro.« Vitaly hat gerade die Erdnussbutter auf seinem Brot verteilt. »Wo gehört die Marmelade hin? Auf die Erdnussbutter? Oder auf die andere Brothälfte? Schon seit den alten Griechen diskutieren die großen Philosophen darüber …«

Amirs Nachricht beunruhigt mich. Ich denke an die Wohnung. Ist der Typ von vorhin mit einem Durchsuchungsbefehl zurückgekommen? Hat Mrs Zent ihn reingelassen? Soll ich Amir bitten, einen Schraubenzieher mitzubringen, damit wir das Kellerfenster aufhebeln können und ungesehen in die Wohnung kommen?

»Aufpassen, Mr Yasin!«, blafft Vitaly mich an wie ein Lehrer. Er schmiert die Erdbeermarmelade auf die andere Scheibe, nicht auf die Erdnussbutter.

»Wie du meinst, Vit.« Ich mache es ihm nach. Der nächste Schritt wäre, die beiden Hälften zusammenzudrücken.

»Warte!« Vitaly holt eine Tüte Chips aus dem Schrank. Chips mit Erdnussbuttermarmeladensandwich? Klingt nicht schlecht.

»Pass gut auf.« Vitaly macht die Tüte auf, nimmt ein halbes Dutzend Chips heraus und verteilt sie sorgfältig auf der Erdnussbutterhälfte. Erst dann klappt er das Sandwich zusammen und gibt mir ein Zeichen, dass ich es essen soll. »*Das* ist das große amerikanische Sandwich. Für dich, mein Freund. Vashe zrodovye.«

»Das soll ich essen?« Ich tue angewidert, aber nur aus Spaß. Nach der langen Vorbereitung bin ich so hungrig, dass ich so ziemlich alles essen würde. Ich nehme einen Bissen. Es schmeckt erstaunlich gut. Salzig und gleichzeitig nussig und süß.

Wir verschlingen unsere Sandwiches und machen uns neue. Malika kommt dazu und isst auch eins. Als Mr Umarov erscheint und Vitaly ihm eins anbietet, schnuppert er skeptisch daran und rümpft die Nase.

»Iss einfach, Papa«, sagt Malika.

Mr Umarov beißt ab. Er guckt erst unsicher, dann überrascht, dann begeistert. »Vitaly, mach mir noch eine!«

Wir lachen alle … bis ich eine neue Nachricht von Amir erhalte:

Bin draußen.

[29]

»Die amerikanischen Drohnen heißen Predator und Reaper. Sie feuern Hellfire-Raketen ab.« Amir sitzt auf der Rückbank und regt sich mal wieder auf. »Das sind die Waffen eines sogenannten friedliebenden Landes?«

Marat fährt. Ich sitze auf dem Beifahrersitz. Hinter mir sitzt jemand, den ich nicht anschauen soll, wie mir gesagt wurde. Amir ist aufgebracht, weil er gerade auf Twitter gelesen hat, dass eine amerikanische Predator-Drohne drei Frauen und zwei Kinder getötet hat.

Er schnaubt vor Wut. »Und was macht der Präsident der Vereinigten Staaten? Gibt eine Erklärung ab, es sei eine schreckliche Tragödie gewesen, die ihn bis ans Ende seines Lebens verfolgen würde. Weißt du, was ich glaube? Ich glaube, dass er das vor einer Stunde gesagt und schon wieder vergessen hat!«

Eben noch saß ich im Wunderhaus der Umarovs, aß ein amerikanisches Wundersandwich und freute mich des Lebens. So ähnlich wie an den Sonntagnachmittagen, wenn meine Eltern mit Freunden zusammensaßen. Sicher, manchmal waren die Gespräche ernst. Dann ging es um die miesen Jobs, die man als Einwanderer annehmen musste, die Scherereien, denen man von staatlicher Seite ausgesetzt war, die Probleme überall auf der Welt. Aber früher oder später sagte jemand etwas Lustiges und dann lachten wieder alle.

Hier im Auto lacht niemand. Ich teile zwar Amirs Wut nicht, aber er hat durchaus Recht mit dem, was er sagt. Ist eine Killermaschine mit dem Namen Predator etwas, auf das ein »friedliebendes Land« stolz sein sollte? Erwartet der Präsident allen Ernstes, wir würden ihm abnehmen, dass er um diese muslimischen Frauen und Kinder trauert? Warum bezeichnet man einen amerikanischen Soldaten, der bereit ist, sein Leben für sein Volk zu opfern, als Patrioten und Helden, und einen Moslem, der dasselbe tut, als Extremisten und Terroristen? Warum wird der Tod von unschuldigen muslimischen Frauen und Kindern durch eine amerikanische Drohne als Unfall abgetan, als Versehen, als »Kollateralschaden«? Aber wenn ein Moslem amerikanische Frauen und Kinder tötet, ist das eine Gräueltat, »ein barbarisches Massaker an unschuldigen Zivilisten«? Das ist eine bodenlose Heuchelei. Ist doch logisch, dass unsere Leute sich da fragen: »Wenn die Amerikaner ungehindert ihre Feinde angreifen dürfen, warum wir dann nicht auch?«

Es fängt an zu nieseln, als Marat in ein Gewerbegebiet abbiegt. Die Gebäude sind niedrig, lang und fensterlos. Auf kleinen Schildern stehen nichtssagende Namen wie *Transtec Corp., F. J. Wilson, Harrison Enterprises.* Wir halten auf einem leeren Parkplatz vor einem unscheinbaren Bau mit Satellitenantennen auf dem Dach.

»Ist es das?«, fragt Marat und sieht im Rückspiegel den schweigenden Mann auf der Rückbank an.

Ich höre keine Antwort, darf mich aber auch nicht umdrehen.

»Weißt du, was da drinnen gebaut wird, kleiner Bruder?«, fragt Amir. »Eine Digitalkamera, mit der man aus acht Kilometern Höhe einzelne Personen herauspicken kann. Für die Drohnen, mit denen sie unsere Führer und heiligen Männer töten. Dagegen können wir nichts tun. Etwas in acht Kilometern Höhe abzuschießen ist unmöglich. Also leben die Leute in ständiger Angst und trauen sich nicht mehr, aus dem Haus zu gehen.«

In der folgenden Stille höre ich den rasselnden Atem des Mannes hinter mir. Ich habe das Gefühl, dass die Äußerungen meines Bruders vor allem ihm gelten. Warum will er diesen Typ unbedingt beeindrucken?

»Wir sind ein Volk, eine Einheit. Wenn du einen von uns angreifst, greifst du uns alle an. Wie viele Menschenleben kann man retten, wenn man diese Fabrik zerstört?« Amir klingt wie ein Schüler, der seinem Lehrer zeigen will, dass er Bescheid weiß. »Hier können wir den Predator stoppen, bevor er sich in die Luft erhebt. Hier ist sein einziger Schwachpunkt. Wenn wir ihm die Augen nehmen, sind seine Krallen machtlos.«

Ich glaube, er meint das ernst.

[30]

»Nicht anhalten!«, bellt Amir. Wir sind soeben in unsere Straße gebogen.

»Was? Warum?«, stammelt Marat blinzelnd.

»Runter, Khalil!« Amir duckt sich auf dem Beifahrersitz und späht aus dem Fenster. Ich liege auf der Rückbank.

»Was ist los?«, fragt Marat. Der geheimnisvolle Fremde ist vor etwa zwanzig Minuten ausgestiegen. Als ich nach hinten durchgerutscht bin, konnte ich einen kurzen Blick auf einen dicklichen Mann mit schütterem Haar, zotteligem Bart und einem hängenden Augenlid erhaschen.

»Ich hab was gesehen«, sagt Amir.

»Ein dunkelgrünes Auto?«, frage ich.

»Nein. Eher hellgrau.«

»Sicher?« Der Regen ist dichter geworden. Der Scheibenwischer hinterlässt Streifen. Man erkennt kaum etwas.

»Denkst du, ich kann nicht Dunkelgrün von Hellgrau unterscheiden?«, fährt Amir mich an. »Außerdem hab ich den Wagen glaube ich schon mal gesehen.«

Es gibt Millionen von hellgrauen Autos. Jeder hat schon mal eins gesehen. In letzter Zeit glaubt Amir, man würde ihn verfolgen und sein Telefon abhören. Jede Woche kauft er sich ein neues Wegwerf-Handy und tritt das alte kaputt. Und dann nimmt er es auch noch auseinander und verstreut die Einzelteile, damit auch ja niemand sie wieder zusammensetzen kann. Jedes Mal, wenn sein Computer langsamer läuft, glaubt er, er würde überwacht.

»Wo soll ich hinfahren?«, fragt Marat.

»Halt an.«

Marat fährt rechts ran, und wir warten, während mein Bruder überlegt. Der Regen trommelt aufs Autodach. Ob der Typ von vorhin in einem anderen Wagen zurückgekommen ist? Wenn die Zents ihn in unsere Wohnung gelassen haben, sieht er sofort, dass wir allein dort leben. Und wenn er uns beim Jugendamt meldet, finden sie raus, dass Amir illegal hier ist.

Ich bekomme eine Nachricht von Angie:

Hi.

»Wer war das?« Amir dreht sich zu mir um.

»Ein Freund.«

»Nicht antworten.«

»Warum?«

»Tu's einfach nicht!«, faucht er.

Ich lege das Handy weg. Wieder Stille bis auf den prasselnden Regen. Marat sagt, er muss zur Arbeit.

»Noch fünf Minuten«, erwidert Amir.

Wir warten. Marat raucht, lässt das Fenster aber nur einen Spalt geöffnet. Schnell füllt sich der Wagen mit kaltem Rauch. Angie schreibt wieder:

???

Ich werfe heimlich einen Blick drauf, traue mich aber nicht zu antworten.

»Steig aus!«, zischt Amir.

»Im Regen?«, frage ich.

»Geh zum Haus. Mal sehen, was passiert.«

Ganz der kleine Bruder ziehe ich die Kapuze über den Kopf, steige aus und laufe los. Im Nu bin ich völlig durchnässt.

Amir hatte Recht. Neben einem Hydranten vor unserem Haus steht ein hellgrauer Wagen. Ich bleibe stehen. Im Wagen bewegt sich etwas – die Silhouetten zweier Gestalten, die jetzt die Türen öffnen.

Sie haben mich entdeckt.

Soll ich weglaufen? Wohin? Und wozu? Sie wissen, wo ich wohne, können also jederzeit wiederkommen. Außerdem habe ich nur die Schule geschwänzt. Dafür geht man nicht ins Gefängnis.

Zwei Männer sind aus dem Wagen gestiegen. Einer öffnet

einen schwarzen Regenschirm. Der andere trägt einen Hut mit breiter Krempe. Ich gehe langsam auf sie zu, nur damit sie wissen, dass ich ihnen keine Probleme bereiten werde. Was soll das ganze Theater überhaupt? Schwänzen ist schließlich kein Riesending. Vielleicht höre ich auch einfach mit der Schule auf, arbeite eine Zeit lang und mache später irgendwo den Test für die Unizulassung. Amir hat die Highschool nicht zu Ende gemacht. Meine Eltern sind beide nicht über die sechste Klasse hinausgekommen. In Amerika wird immer so viel über Bildung geredet, aber wenn man sich mal ansieht, wer hier am erfolgreichsten ist ... Bill Gates, Steve Jobs, Elon Musk ... alles Milliardäre mit abgebrochenem Studium. Um Geschäfte zu machen, braucht man keine gute Ausbildung. Man braucht gute Ideen und muss sie verkaufen können. Vielleicht kann nicht jeder eine 30-Millionen-Dollar-App entwickeln, aber irgendwas wird Vitaly sich schon ausdenken.

Die Männer sind nicht mehr weit entfernt. Keiner von beiden sieht aus wie der von vorhin, sie tragen auch keine Polizeiuniform. Sie haben normale Mäntel an, und der mit dem Regenschirm trägt Laufschuhe.

»Khalil Yasin?«, sagt er und hält mir seine goldene Marke entgegen. »Ich bin Detective Broderick, und das ist mein Kollege Detective Stiffel. Wir müssen dich bitten, mit uns zu kommen.«

[31]

»Warum?«

»Wir würden dir gern ein paar Fragen stellen«, sagt Broderick.

Der Regen durchweicht meinen Kapuzenpullover. Ich will nur noch irgendwohin, wo es warm und trocken ist. Aber nicht mit diesen Detectives.

»Wo ist dein Bruder?«, legt Stiffel los.

»Keine Ahnung.« Wenn sie nach Amir suchen, dann weil er »illegal« ist. Die Typen müssen von der Immigrationsbehörde sein.

»Woher kommst du, Khalil?«, fragt Detective Broderick.

»Aus der Schule.«

»Falsch«, sagt Detective Stiffel. »Da waren wir schon. Du bist seit Wochen praktisch nicht in der Schule gewesen. Nächster Versuch.«

Ich sage nichts mehr. Das ist auch etwas, was ich an Amerika bewundere. Sie drohen einem, aber sie tun einem nicht weh. Jedenfalls nicht, wenn man weißer Staatsbürger ist. Nicht so wie in Dads Geschichten über Bosnien, wo sie auf einen einprügelten, bis man ihnen erzählte, was sie hören wollten.

»Hast du ein Handy?«, fragt Stiffel. »Ruf deinen Bruder an.«

Ich wähle Vitalys Nummer und presse das Handy an mein Ohr.

»Kal?« Vitaly geht beim zweiten Klingeln dran. Ich antworte nicht und tue so, als würde es weiter klingeln.

»Kal? Hörst du mich? … wahrscheinlich aus Versehen auf die Taste gekommen.« Vitaly legt auf.

Ich stecke das Handy wieder ein. »Er geht nicht dran. Stimmt was nicht?«

»Wir wollen nur reden, Khalil, mehr nicht«, sagt Broderick.

»Mit meinem Bruder?«

»Mit euch beiden.«

Als amerikanischer Staatsbürger habe ich gewisse Rechte. »Was, wenn ich nicht reden will?«

»Wieder falsch«, sagt Stiffel. »Du musst fragen, ›worüber denn reden?‹, als hättest du keine Ahnung.«

»Was glaubst du denn, worüber wir reden wollen?«, fragt Detective Broderick.

Ich zeige auf seinen Regenschirm. »Übers Wetter?«

Stiffel lacht. »Apropos.« Er öffnet die Wagentür und gibt

mir ein Zeichen einzusteigen. Tue ich aber nicht. Was, wenn ich Amerika falsch eingeschätzt habe. Was, wenn sie mich doch zusammenschlagen wollen?

»Sieh mal, Khalil, wir ermitteln in einem Fall, und du bist ein Verdächtiger«, erklärt Broderick. »Das ist alles.«

Fall? Verdächtiger?

Stiffel holt ein Paar Handschellen heraus. »Das gibt uns das Recht, dir hier und jetzt Handschellen anzulegen und dich für vierundzwanzig Stunden in eine Zelle zu sperren. Willst du das?«

Ich schüttele den Kopf.

»Dann steig endlich ein.«

***

Die Polizeiwache ist ein altes Backsteingebäude mit großen Fenstern. Von außen sieht es eher aus wie eine ehemalige Schule. Der Holzboden knarrt. Sie setzen mich in einen Raum mit einer Videokamera auf einem Stativ und einem Spiegel, der die eine Wand bedeckt. In der Mitte steht ein Tisch, der auf dem Boden festgeschraubt ist. An meinem Ende hat man einen Metallring auf die Tischplatte geschweißt.

Broderick schaltet die Videokamera ein. »Das ist sowohl zu deinem als auch zu unserem Schutz.«

Solange das Ding läuft, werden sie mich also nicht schlagen.

Die Detectives ziehen ihre Jacketts aus. Stiffel krempelt die Ärmel hoch. Beide tragen Pistolen in Hüfthalftern.

»Im Dezember gab es einen Einbruch in einem kleinen Laden in Greenville«, fängt Broderick an. »Drei Kerle haben einen Geldautomaten mitgehen lassen. Weißt du irgendwas darüber?«

Komischerweise bin ich erst mal erleichtert. Wenigstens weiß ich jetzt, worum es geht. Doch auf die Erleichterung folgt schnell Angst.

Stiffel räuspert sich. Sie warten auf eine Antwort.

Ich schüttele den Kopf und wende den Blick ab. Amir hat mal irgendwo gelesen, die Polizei würde sofort merken, dass man lügt, wenn man versucht, ihnen die ganze Zeit in die Augen zu sehen, als wollte man beweisen, dass man nichts zu verbergen hat. Man muss also manchmal weggucken und dann wieder hin, so wie man es in einem ganz normalen Gespräch tun würde.

»Kennst du jemanden, der etwas damit zu tun haben könnte?«, fragt Broderick.

»*Könnte?*«, wiederhole ich. »Ich schätze, jeder, den ich kenne, *könnte* etwas damit zu tun haben. Aber falls das der Fall ist, haben sie es mir jedenfalls nicht gesagt.«

Broderick schenkt mir ein verkniffenes Lächeln. »Weißt du noch, wo du in der Nacht zum elften Dezember warst?«

»Was war das für ein Wochentag?«, frage ich und versuche, meine Angst zu überspielen.

»Donnerstag.«

Ich tue so, als würde ich überlegen. »Wahrscheinlich zu Hause.«

»Hat dich da jemand gesehen?«

»Mein Bruder.«

Broderick grinst. »Sonst noch jemand?«

Ich tue wieder so, als würde ich nachdenken, und schüttele dann den Kopf. »Unter der Woche sind wir eigentlich immer allein.«

»Was ist mit deinen Eltern?«

»Die arbeiten nachts.« Wer hätte gedacht, dass wie aus der Pistole geschossen zu lügen so stressig ist?

Broderick lehnt sich auf seinem Stuhl zurück, verschränkt die Finger und drückt die Hände nach außen. Seine Knöchel knacken. Dann schüttelt er die Hände aus. »Zurück zum elften Dezember. Du hast bei deinem Bruder nicht zufällig irgendwo rote Farbe an den Händen oder an den Klamotten bemerkt?«

»Farbe?«, wiederhole ich, als könnte ich die Frage nicht nachvollziehen.

Der Detective erklärt mir, dass das Geld in den Automaten bei einem Einbruch mit Farbe besprüht wird. »Wenn wir irgendwann mit deinem Bruder hier sitzen und ihm dieselben Fragen stellen, bekommen wir dann dieselben Antworten?«

»Es sei denn, er weiß etwas, wovon ich nichts weiß.«

Broderick klopft mit dem Stift auf seinen Notizblock und denkt nach. »Khalil, du hast nicht zufällig eine Katze, oder?«

Ich will gerade verneinen, zögere dann aber. Die Frage ist zu speziell. Zu sehr aus dem Zusammenhang. So was würde er nicht fragen, wenn er es nicht wüsste.

»Warum fragen Sie?«

»Sah kurz so aus, als wolltest du Nein sagen«, sagt Stiffel.

Besser, ich halte jetzt den Mund. Ich kapier's nicht. Warum fragen sie nach MaĐka?

»Das Komische ist nämlich, dass die Einbrecher nicht nur den Geldautomaten mitgenommen haben, sondern auch ein paar Dosen Katzenfutter. Also, noch mal, Khalil, hast du eine Katze?«

Zum ersten Mal, seitdem ich hier sitze, mache ich mir ernsthaft Sorgen. Als wüssten die Bullen etwas und kämen der Sache langsam näher. Ich versuche, mich zu entspannen, drehe mich zum Spiegel und frage mich, wer wohl dahinter sitzt und was sie denken.

Detective Broderick beugt sich vor, zupft etwas von meinem Pullover und hält es mir hin. »Kommt dir das bekannt vor?«

Es ist ein weißes Katzenhaar.

[32]

Broderick schaltet die Videokamera aus und verlässt zusammen mit Stiffel den Raum. Vielleicht reden sie mit jemandem, der hinter der Scheibe saß. Oder vielleicht wollen sie auch nur, dass ich das denke. Glauben sie etwa, wenn sie die Kamera ausschalten und rausgehen, würde ich Amir anrufen und ihm erzählen, was hier los ist? Halten die mich wirklich für so blöd?

Ich verschränke die Beine und strecke mich, als wäre ich völlig entspannt. Aber innerlich bin ich extrem aufgewühlt. Das mit der Katze hat mich echt umgehauen. Vielleicht mache ich mir aber auch unnötig Sorgen. Millionen Menschen haben Katzen. Dass ich MaÐka habe, bedeutet also gar nichts. Und warum fragen sie *mich*, ob Amir rote Farbe an den Händen und Klamotten hatte? Doch nur, weil sie sonst niemanden fragen können. Was für Indizien haben sie überhaupt?

Dass wer auch immer in diesen Laden eingebrochen ist, Katzenfutter mitgenommen hat … und ich eine Katze habe? Wenn das alles ist, viel Erfolg.

Ich frage mich, ob ich deswegen nur ein Verdächtiger bin und kein mutmaßlicher Täter. Vielleicht haben sie mich nur hergebracht, um zu sehen, ob ich einknicke. Das hätten sie wohl gern. Ich kann warten. Ich kann sogar gähnen und die Augen zumachen und so tun, als würde ich schlafen. Mal sehen, wie lange sie sich das von der anderen Seite des Spiegels aus ansehen wollen.

***

Als wir klein waren, wollten wir immer, dass Dad uns Geschichten aus dem Krieg erzählt. Meistens ging es um die Nacht, als Mom und er den kleinen Amir in eine Decke wickelten und sich mit Klamotten, einem Paket Windeln und dem Nötigsten an Lebensmitteln aus der Stadt schlichen. Egal was Dad erzählte, es klang immer irgendwie lustig und nach Abenteuer. Dabei wären sie erschossen worden, wenn man sie damals erwischt hätte.

Aber eines Tages kam Dad früher von der Arbeit nach Hause. Er ging vornübergebeugt, zuckte und konnte kaum laufen. Ich muss damals ungefähr sechs gewesen sein und Amir elf. Als wir fragten, was passiert sei, antwortete er, er habe sich beim Ausladen von achtzig Pfund schweren Mehlsäcken verhoben. Mom war noch bei der Arbeit, also halfen

Amir und ich ihm in seinen Sessel und holten ihm Schmerztabletten.

Dad bat um ein Glas Rakija. Amir brachte ihm eins, und als es kurz darauf leer war, fing Dad an, vom Krieg zu reden. Nur dass es diesmal anders klang. Wie die Serben sämtliche Männer erschossen und die Leichen wie Äste gestapelt hätten und was für schreckliche Dinge den Frauen, Kindern und Alten angetan wurden.

Wir hörten mit aufgerissenen Augen zu, bis ich so verängstigt war, dass ich aus dem Zimmer rannte.

Als dann später Mom nach Hause kam, muss Amir ihr gesagt haben, was passiert war, denn sie fing an, Dad anzuschreien, wie er uns solche Geschichten erzählen könne? Ob ihm nicht klar sei, dass wir noch Kinder seien? Dad murmelte etwas von Wahrheit, und Mom sagte, er solle den Mund halten und nie wieder davon anfangen. Und dann weinte Dad, und ich fing auch an zu weinen, weil ich Angst hatte und weil ich Dad noch nie hatte weinen sehen.

Aber warum haben die Serben den Menschen diese schrecklichen Dinge angetan?

Aus dem einzigen Grund, dass sie Moslems waren.

Immer wenn ich seitdem in einer unangenehmen Situation bin – zum Beispiel nachts allein in einer dreckigen kalten Kellerwohnung oder wie hier jetzt in einem Verhörraum auf der Polizeiwache –, denke ich daran, wie es damals in jenem Sommer vor langer Zeit in der Heimat meiner Eltern gewesen sein muss. Zu wissen, dass man jeden Moment abgeholt und erschossen werden kann. Das hier ist nichts verglichen damit.

***

»Was wollten sie?«, fragt Amir. Wir sind im Supermarkt bei uns um die Ecke. Nachdem ich gehen durfte, habe ich ihm geschrieben, dass er nicht nach Hause kommen, sondern mich stattdessen hier treffen soll. Wir stehen nebeneinander vor dem Frühstückszerealien-Regal, als könnten wir uns nicht zwischen Cornflakes und Schokokrispies entscheiden.

»Der Geldautomat.«

»Wissen sie Bescheid?«

Ich schüttele den Kopf. »Sie haben nur Fragen gestellt.«

»Aber wie kommen die auf uns?«

»Der Detective wollte wissen, ob ich rote Farbe an dir bemerkt hätte.«

Aufgewühlt starrt Amir auf die Packungen im Regal. »Mrs Zent. Die steht doch dauernd hinter der Tür. Bestimmt war sie das. Sie glaubt also, sie hat etwas Rotes gesehen, ja? Ich schneid ihr ihre fette Kehle durch, dann sieht sie was Rotes.«

***

Es ist drei Uhr morgens. Wir reichen Marat unsere Sachen durchs Kellerfenster. Amir hat einen Anfall gekriegt, als ich meinte, ohne MaĐka würde ich nicht gehen, aber da bin ich hart geblieben. Was erwartet er? Dass ich das arme Tier allein zurücklasse? Manchmal verstehe ich meinen Bruder nicht. Auch wenn er keine Katzen mag, er weiß doch, dass sie im Islam verehrt werden.

Als wir im Auto sitzen, hole ich einen Brief raus, den ich zwischen anderen Papieren auf dem Küchentisch gefunden habe. Er ist schon ein paar Tage alt. Amir muss ihn im Briefkasten gefunden und dann vergessen haben, ihn mir zu zeigen.

Schulbehörde Bezirk Emerson
Abteilung Schülerangelegenheiten
Büro des stellvertretenden Leiters/
Prüfungsausschuss

Name: Khalil Yasin
Schule: Emerson Highschool
Klasse: 12
Betr.: Überwachung des regelmäßigen
Schulbesuchs

Das Ausbildungsgesetz (Paragraf 432, 457 [a] und 481) sieht vor, dass Eltern oder Vormund für den regelmäßigen Schulbesuch ihres Kindes verantwortlich sind, sofern dieses nicht nachweisbar krank, wegen eines Arztbesuches entschuldigt oder aus gerechtfertigten familiären oder persönlichen Gründen verhindert ist.

Mitarbeiter der Schule haben wiederholt versucht, Sie zu kontaktieren, um mit Ihnen und Ihrem Kind über sein Fehlen zu sprechen. Da die Versäumnisse weiter anhielten, wurde Ihr Kind als Schulverweigerer eingestuft.

Ihr Kind kann somit unter Vormundschaft des Gerichts gestellt werden. Sowohl Ihnen als auch Ihrem Kind droht eine strafrechtliche Verfolgung. Ihrem Kind kann eine gesonderte Fahrerlaubnis entzogen oder verweigert werden, bis das Gericht eine ausreichende Korrektur des Fehlverhaltens feststellt …

»Wer ist mein Vormund?«, frage ich und gebe den Brief Amir, der ihn kurz überfliegt.

»Was ist das?«, fragt Marat.

»Da steht, dass mein kleiner Bruder ein Schwänzer ist.« Amir dreht sich um und fährt mir zärtlich über den Kopf. »Wie gefällt dir das, hm? Kann sein, dass sie dir die gesonderte Fahrerlaubnis entziehen. Dann kannst du deinen dicken Benz in der Garage lassen.« Er zerreißt den Brief in kleine Stücke. »Vielleicht vergisst du jetzt endlich diese bescheuerte Schule. Die verseuchen dich da sowieso nur mit ihrem gottlosen, rassistischen, imperialistischen, Juden verherrlichenden Dreck.« Er wirft die Fetzen in die Luft. Wie Schneeflocken fallen sie zu Boden und auf das Armaturenbrett.

[33]

»Ich verstehe das alles nicht«, sagt Angie, nachdem ich ihr heute Morgen geschrieben habe, dass sie nicht mit dem Bus fahren soll. Es ist fast unmöglich, sie unter der Woche nach der Schule zu sehen. Wenn sie nicht gerade im Tauchkurs ist oder Cello-Unterricht hat, sucht sie Fotos für das Jahrbuch aus.

Jetzt laufen wir gemeinsam zur Schule. Angie trägt einen Rucksack auf dem Rücken und mehrere Ringbücher vor der Brust. Ihr Nasenring funkelt in der Sonne. Wir gehen schnell, damit sie nicht zu spät kommt. Die Fragen, die sie so lange zurückgehalten hat, sprudeln nur so aus ihr heraus. »Wie kann es sein, dass deine Eltern dich so lange fehlen lassen? Wenn sie so viel Hilfe in der Bäckerei brauchen, warum stellen sie nicht einfach mehr Leute ein? Und warum kann ich sie nicht kennenlernen? Warum kann ich noch nicht mal zu dir nach Hause kommen?«

»Das ist schwer zu erklären.«

Ihr Blick sagt, dass sie meine ausweichenden Antworten nicht mehr akzeptiert.

»Meine Eltern sind nicht mehr hier. Sie sind zurück in ihre Heimat gegangen.«

»Warum?«

Ich erkläre es ihr.

»Was ist mit der Bäckerei?«

»Sie … sie mussten sie aufgeben.«

Sie bleibt stehen und sieht mich böse an. »Wann war das alles?«

»Schon etwas länger her.«

Angie dreht sich um und marschiert weiter. »Etwas länger her? Und was hast du seitdem gemacht? Ich dachte, du hast für sie gearbeitet.«

»Es ist kompliziert, Angie.«

Sie weiß, dass ich lüge, und je mehr ich lüge, desto schneller läuft sie. Als wollte sie vor den Lügen davonlaufen, vor mir. Wir preschen die Straße entlang und um die Ecke und dann sind wir vor der Schule.

»Warte …« Ich muss aufpassen, dass ich sie nicht verliere. »Du musst mir zuhören.«

Aber sie wird nicht langsamer, sie sieht mich nicht mal an. »Komisch, ich kann gar nichts hören.«

»Du musst erst stehen bleiben.«

»Ich hab keine Lust, zu spät zu kommen.«

»Angie, es ist wichtig.«

Sie joggt jetzt praktisch. »Schule ist auch wichtig. Ich glaube sogar, sehr viel wichtiger als alles, was du zu sagen hast.«

Ich packe sie am Arm und zwinge sie, stehen zu bleiben. Erschrocken versucht sie, sich aus meinem Griff zu befreien. »Lass mich los!«

Ich halte sie fest. »Du musst mir zuhören.«

»Nein!« Sie wehrt sich immer noch. »Muss ich nicht. Ich habe genug gehört. Und es war reine Zeitverschwendung.« Sie reißt sich los, aber dabei rutschen ihr ein paar Ringe von den Fingern und fallen klackernd auf den Bürgersteig.

Wir hocken uns beide hin, um sie aufzusammeln. »Bitte, Angie.«

Sie steckt die Ringe in die Tasche, springt auf und rennt los.

»Warte!« Ich folge ihr.

Und laufe direkt in die Arme des Schuldirektors.

***

»Ist dein Bruder denn oft da?«, fragt Direktor Walsh. »Würdest du sagen, er bietet dir so etwas wie ein stabiles Zuhause?«

»Absolut.«

Wir sitzen an einem ovalen Tisch im Büro des Schulleiters. Ms Appleby ist auch da, sie trägt eine Kette mit einem Anhänger, ein Schwein mit Flügeln. Dann noch ein Typ mit Bürstenschnitt, der irgendwas mit Beratung macht, und ein paar andere, die ich schon mal gesehen habe. Das Meeting muss schnell organisiert worden sein – als hätten sie befürchtet, ich könnte ihnen durch die Lappen gehen und mich in Luft auflösen.

»Bekommst du regelmäßig zu essen?«

Ich nicke, aber mit meinen Gedanken bin ich woanders. Ich könnte Angie die ganze Wahrheit sagen, aber dann würde sie wissen wollen, warum ich gelogen habe.

»Die Polizei hat vor ein paar Tagen nach dir gesucht«, sagt Direktor Walsh. »Kannst du uns sagen, warum?«

Einerseits will ich einfach nur raus hier und Angie suchen. Andererseits habe ich Angst, dass nichts, was ich sage, sie umstimmen kann.

»Khalil? Ich habe dich etwas gefragt.«

Stimmt. Wegen der Polizei. »Das war eine Verwechslung.«

Meine Antwort stößt auf Schweigen. Vor einer Minute hat Ms Appleby den anderen erklärt, sie habe gerade erfahren, dass meine Eltern schon seit Monaten nicht mehr im Land sind. Warum stellen sie mir überhaupt noch Fragen, wenn sie doch sowieso wissen, dass sie mir nicht glauben können? Bestimmt hat Mrs Zent dem Typ neulich erzählt, dass meine Eltern weg sind. Ms Appleby wirkt kühl und unnahbar, wie jemand, der sich betrogen fühlt. Wahrscheinlich hat sie sich zusammengereimt, dass sie mit Amir telefoniert hat, als sie mit meinem Vater über mein Fehlen sprechen wollte.

Direktor Walsh wendet sich ihr zu. »Noten?«

»Da er mehr als zwanzig Prozent des Unterrichts versäumt hat, gilt das als insgesamt ungenügend.«

»Und davor?«

»Ein glattes A in der Elften. Aber das war, bevor seine Eltern weggegangen sind.«

Jeder hat einen Ordner vor sich liegen, und an dieser Stelle öffnen die meisten ihn, als wollten sie mit eigenen Augen sehen, wie eine Durchschnittsnote von einem A auf ein F fallen kann. Ich werde Angie versprechen, sie nie mehr anzulügen.

Direktor Walsh richtet seinen wachsamen Blick auf mich. »Du bist offenbar ein sehr intelligenter Junge, Khalil. Was also ist passiert?«

Ich bedeute Angie etwas. Sie wird Verständnis haben. Ich werde sie um eine letzte Chance bitten. Wie soll sie da Nein sagen?

»Khalil?«

Ich blicke hoch. Warum tun sie sich dieses Theater an? »Ich weiß nicht, Sir. Ich hätte die Schule ernster nehmen sollen.«

»Nun, ja, du denkst wahrscheinlich, dass wir das hören wollen.« Direktor Walsh blättert den Ordner durch und zieht dann seine dicken Lippen ein. »Also gut, Khalil, es scheint mir, dass wir hier dasselbe Terrain beackern, wie Ms Appleby es bereits unzählige Male getan hat. Die Schule ist kein Ort, wo man mal hinkommt, wenn man seine Freunde treffen will, weil einem langweilig ist und man nichts Besseres zu tun hat. Du wurdest wiederholt aufgefordert, regelmäßig und pünktlich zum Unterricht zu erscheinen. Du hast es wiederholt versäumt, dich daran zu halten. Und jetzt? Wir wissen nicht, was wir noch mit dir anstellen sollen. Was schlägst *du* vor?«

Das fragt er mich? Ich sehe zu Ms Appleby rüber, die meinem Blick ausweicht. Ich fürchte, für mich ist es nicht so gut gelaufen im Land der unbegrenzten Möglichkeiten. Aber ich bin hier geboren und immer noch amerikanischer Staatsbürger. Sie können mich nicht abschieben. Sie können mich nicht einfach wegwerfen. Vielleicht kann ich *das* Angie sagen … dass mir jetzt klar wird, dass wir einen schlechten Start hatten. Ich habe Fehler gemacht. Aber ich bin noch hier, und wir können es wieder hinkriegen. Wir können noch mal von vorne anfangen. Ich mache die Highschool zu Ende, suche mir einen Job und gehe zur Abendschule. Studiere Wirtschaft oder Marketing und werde das Gesicht von Vitalys milliardenschwerer RumMach-App.

»Es muss nicht alles zu Ende sein«, höre ich mich zu Angie sagen. »Gar nichts muss zu Ende sein, außer, die Wahrheit zu verbergen. Von jetzt an gilt: totale Ehrlichkeit.«

Das klingt gut, finde ich.

Direktor Walsh stützt die Ellbogen auf den Tisch und beugt sich vor. Die Nähte seines Jacketts sehen aus, als würden sie jeden Moment platzen. »Das ist unsere absolut letzte Warnung, Khalil. Ab heute kommst du entweder jeden Tag pünktlich zur Schule oder wir streichen dich von der Schülerliste.«

Ich spüre, wie sich meine Stirn in Falten legt. Habe ich etwas verpasst?

»Das bedeutet, dass du nicht mehr in die Schule kommen darfst«, erklärt Ms Appleby. Endlich treffen sich unsere Blicke. Ihre Miene ist eisig wie die eines Henkers, bevor er sein Opfer in die Dschahannam, ins Höllenfeuer, schickt.

Das Meeting ist zu Ende. Ich soll in die Klasse gehen. Im Flur werde ich von ein paar Schülern komisch angeguckt, andere fragen, wo ich war. In der Pause halte ich Ausschau nach Angie, kann sie aber nirgends entdecken. Macht nichts. Ich seh sie bestimmt beim Mittagessen.

Als ich jedoch im Eingang der Cafeteria stehe und mich nach ihr umblicke, ist sie auch nicht da. Dafür aber Vitaly, allerdings mit dem Rücken zu mir. Ich sollte mich besser nicht erwischen lassen, wie ich ziellos durch die Flure laufe, aber das Risiko gehe ich ein. Ich sehe im Jahrbuch-Büro nach, im Labor, im Musikraum, in der Bibliothek. Angie ist unauffindbar.

Es ist noch Zeit, zurück in die Cafeteria zu gehen und etwas zu essen, nur dass ich plötzlich nicht mehr besonders scharf darauf bin, angestarrt und gefragt zu werden, wo ich war. Stattdessen bleibe ich in der Bibliothek, bis es klingelt. Was bedeutet, dass ich gleich wieder im Unterricht sitze und sowohl meine Mitschüler als auch der Lehrer mich anstarren. Das ertrage ich nicht länger. Ich gehe.

[34]

Angie geht nicht ans Telefon und beantwortet auch meine Nachrichten nicht. Ich gebe trotzdem nicht auf. In der Zwischenzeit hat Amir eine neue Bleibe für uns gefunden. Oder besser gesagt, Marat. Ein Zimmer in einer Art Wohnheim. Zwei Einzelbetten, ein kleiner Kühlschrank, eine Mikrowelle. Es ist warm und sauber, auch wenn wir uns das Bad auf dem Gang mit den anderen Bewohnern teilen müssen. Tiere sind nicht erlaubt, ich schmuggle MaÐka aber mit rein. Kriegt ja keiner mit.

Ich bekomme die Hälfte der Schubladen in der Kommode und die Hälfte vom Schrank. Im Schrank hängt ein neues graues Camouflage-Shirt, das ich noch nie gesehen habe, und auf dem Fußboden stehen ein schwarzes Paar Kampfstiefel und eine große schwarze Nylontasche. Ich öffne sie und finde eine Panzerweste, eine Nachtsichtbrille, eine Maske aus irgendeinem Hartstoff und ein schwarzes Stirnband mit der SchahĐda drauf.

Mich fröstelt. Fehlt nur die Kalaschnikow. Das sind keine bloßen Worte mehr, das ist militärische Ausrüstung. Plant mein Bruder etwas? Ich stöbere noch ein bisschen herum und entdecke einen verschließbaren Plastikbeutel mit mehreren Handys, einer kleinen Platine, einer Digitalschaltuhr und Schnappverbindungen für eine Neun-Volt-Batterie. Während ich überlege, wofür Amir die Sachen braucht, kommt eine Nachricht. Leider nicht von Angie. Stattdessen von Vitaly.

Warst du heute in der Schule?

Letztes Mal.

!!! Was ist mit unseren Plänen?

Mach nächstes Jahr zu Ende. Oder woanders.

☹ Und bis dahin?

Job suchen.

Ganz unten in der Tasche liegt ein Buch, *Hidschra in den Islamischen Staat: Was packe ich ein. Wen kontaktiere ich. Wohin gehe ich.*

Ich schlage das Buch auf: »Knieschutz und Ellbogenschutz. SEHR wichtige Ausrüstungsgegenstände … Solltest du unbedingt mitbringen, zumal du viel auf den Knien herumkriechen wirst.«

Wieder eine Nachricht von Vitaly.

Komm zum Abendessen.

Warum?

Mein Vater will was bereden.

***

Als ich bei Vitaly ankomme, begrüßt er mich mit besorgtem Blick. »Was ist los mit dir?«

»Nichts. Ich brauch nur mal eine Pause.« Ich klopfe ihm auf die Schulter. »Keine Angst. Ich bin immer noch das Gesicht.«

Vitaly wirkt nicht überzeugt. »Weiß Angie Bescheid?«

Offenbar sieht er mir an, wie nah er dran ist, meine coole Fassade ins Wanken zu bringen, denn jetzt legt *er* seine Hand auf *meine* Schulter. »Komm mit in die Küche. Dad ist gerade nach Hause gekommen, und er hat später noch ein Treffen bei der Islamischen Gesellschaft.«

In der Küche riecht es nach Kreuzkümmel und Curry. Mein Magen fängt sofort an zu knurren, als wartete er schon den ganzen Tag auf etwas zu essen. Und wenn ich darüber nachdenke, stimmt das auch. Dass ich Angie nicht erreicht habe, hat mir den Appetit verdorben. Zumindest bis jetzt.

Obwohl er als Schlachter bei Walmart arbeitet, geht Mr Umarov jeden Tag in Jackett und Krawatte zur Arbeit. Dort tauscht er das Jackett gegen den weißen Schlachterkittel, aber die Krawatte bleibt. Jetzt steht er mit hochgekrempelten Ärmeln an der Spüle und schrubbt sich die Hände ab.

»Willst du Vegetarier werden, Khalil?«, fragt er. »Such dir Job als Schlachter. Schon nach einem Tag willst du Fleisch nicht mehr riechen.«

»Aber essen tun Sie es noch«, stelle ich fest.

»Nur wenn es ist gut durch und scharf gewürzt. Aber blutig?« Er schüttelt den Kopf und trocknet sich die Hände ab. »Da ess ich lieber …« Er verzieht das Gesicht und sagt etwas auf Tschetschenisch zu Vitaly.

»Fingernägel«, übersetzt Vitaly.

»Wenn sie gerade wurden herausgerissen«, beendet Mr Umarov den Satz. Er drückt den Saft einer Zitrone auf seinen Händen aus und reibt sie sich über der Spüle ein.

Ich werfe Vitaly einen irritierten Blick zu. Seine Lippen formen das Wort »Schwein«.

Mir wird ein bisschen übel. Als Schlachter muss Mr Umarov Schweinefleisch anfassen. Während der Verzehr von Schweinefleisch im Islam absolut verboten ist, gilt anfassen als umstritten. Aber die meisten versuchen es zu vermeiden.

Als Mr Umarov mit dem Händewaschen fertig ist, sprechen wir das Gebet und essen. Es schmeckt köstlich. Ich weiß, dass Schlingen sich nicht gehört, aber nach dem ersten Bissen kann ich mich nicht mehr beherrschen.

Nach vier vollen Gabeln merke ich, dass Vitaly und sein Vater mich beobachten. Ich zwinge mich, zwischen den Bissen eine kurze Pause einzulegen.

»Gehst du nicht mehr in Schule?«, fragt Mr Umarov.

Ich habe geahnt, dass es darum gehen würde, und erzähle ihm von meinen Plänen.

Mr Umarov kaut langsam. »Und Amir darf nicht mehr in Moschee wegen seine radikale Ideen?«

»Ernsthaft?« Noch während mir das Wort über die Lippen kommt, weiß ich, dass ich nicht überrascht sein dürfte. »Ach, keine Sorge, der redet nur. Auch so ein Internet-Dschihadist.« Ich muss an die Sachen im Schrank denken. Andererseits ist es nicht verboten, so etwas zu haben. Es bedeutet ja nicht gleich, dass er was damit anstellt.

»Teilst du seine Meinung?«, fragt Mr Umarov.

Das ist die wichtigste Frage, die man einem Moslem in diesem Land stellen kann. Ich könnte lügen und Nein sagen, oder ich könnte die Wahrheit sagen. »Teilweise. Das muss einen doch wütend machen.«

Mr Umarov nickt. »Weißt du, Khalil, im Krieg beide Seiten denken, sie haben Recht. Aber am Ende hat nur einer Recht.«

»Der Gewinner?«, vermute ich.

»Genau. Heißt das, Verlierer hat Unrecht? Nein. Verlierer ist nur schwächer.«

»Macht geht vor Recht«, schaltet Vitaly sich ein.

Ein interessanter Gedanke. Die Geschichte der Gegenwart ist noch nicht geschrieben. Wir wissen noch nicht, wer die Gewinner und wer die Verlierer sind. Es kann noch Jahrzehnte dauern, bis sich das entscheidet. Vielleicht sogar Jahrhunderte. Aber im Moment kann man sich Amerika schlecht als Verlierer vorstellen. Die USA haben Truppen in mehreren Ländern des Nahen Ostens stationiert. Durch Illinois marschieren keine islamischen Armeen. Im ganzen Nahen Osten gibt es Dutzende von US-Militärstützpunkten. Weder in Kanada noch in Mexiko stehen islamische Stützpunkte, die jeden Moment bestens ausgebildete und ausgerüstete Truppen über die Grenze schicken können. Im Persischen Golf liegen US-Kriegsschiffe, die Raketen und Kampfflugzeuge losschicken können. Vor den Küsten im Atlantik und Pazifik liegen keine islamischen Flotten. Wie würden die USA wohl reagieren, wenn jeden Tag muslimische Drohnen über ihre Köpfe fliegen und unschuldige Amerikaner töten würden?

»Du fragst dich, warum Leute so sicher, dass nur sie Recht haben?«, fährt Mr Umarov fort. »Weißt du, was ich glaube? Sie *müssen* das denken. Sonst sie fühlen sich schwach und hilflos. Sie haben Angst, ihr Leben sonst nichts *bedeutet.*«

Das ist ungefähr das, was Amir neulich gesagt hat, nachdem wir mit diesem Dschihadisten, Osip, geskypt haben. *»Was sind wir denn? Nichts. Niemand. Aber stell dir mal vor, du wärst jemand. Stell dir vor, du wärst Teil von etwas, was so groß und mächtig ist, dass es dem Präsidenten der Vereinigten Staaten schlaflose Nächte bereitet.«*

»Hast du gesehen diese Videos für Rekrutierung?«, fragt Vitalys Vater. »Was sie einsame junge Männer versprechen, die keine Sinn im Leben haben?« Er ballt die Fäuste und schüttelt sie. »Dass sie Teil von Mächtigem sind. Dass man Furcht hat vor sie.«

»Oh Mann, so was Bescheuertes!«, regt Vitaly sich auf. »Das ist genau wie in den Fernseh-Kampagnen für die US-Armee.« Er legt die rechte Hand aufs Herz und senkt die Stimme. »Es ist ein Initiationsritus. Eine Aufforderung, Teil der Elite zu werden. Und wenn du es schaffst, wenn du deine Angst besiegst, dann wirst du für immer ein anderer sein. Auserwählt. Stolz. Die Marines.«

Ist das wirklich überraschend?, frage ich mich. War es nicht schon immer die Jugend, die zum Kampf aufgerufen wurde? Angie hat mir mal auf der Gitarre ein Lied vorgespielt, in dem es darum ging, dass der Krieg immer von den Alten gemacht wird – Könige, Diktatoren, Präsidenten, Generäle –, die dann die Jungen in den Tod schicken.

Angie ... *Komm schon, antworte mir. Melde dich. Ich mach alles wieder gut.*

»Es wird immer geben Krieg«, sagt Mr Umarov. »Vielleicht du fragst dich, wozu kämpfen und sterben, wenn sowieso wieder neuer Krieg kommt? Wozu sein Märtyrer, wenn es nur Frage von Zeit bis ...« Er wendet sich an Vitaly und sagt etwas auf Tschetschenisch.

»Ausgetauscht«, sagt Vitaly.

Mr Umarov sieht wieder zu mir. »Wozu sein Märtyrer, wenn es nur Frage von Zeit, bis man in nächste Krieg von andere Märtyrer ausgetauscht wird?«

Ich könnte fragen, wie er darauf kommt, dass irgendwer, den wir kennen, vorhat, in den Krieg zu ziehen, lasse es aber. Nicht jetzt, wo Amir wegen seines radikalen Gedankenguts Hausverbot in der Moschee hat und sein Schrank voll mit militärischer Ausrüstung ist.

Vitaly und sein Vater wechseln einen Blick, dann sagt Mr Umarov: »Willst du dir wirklich Job suchen, Khalil?«

»Ja.«

»Ich mach dir Angebot. Du ziehst zu uns. Ich besorge dir Job bei Walmart. Die brauchen immer starke Jungs zum Lastwagen ausladen und Regale auffüllen. Und nächstes Jahr du gehst wieder in Schule.«

Das haut mich um. Was für ein Angebot. Die Umarovs haben weder Platz noch Geld übrig. Ich sehe zu Vitaly, der begeistert nickt.

[35]

Moms Augen auf Amirs Laptop sind gerötet und glitzern. Dad guckt grimmig. Sie haben uns gerade erzählt, dass sie so bald nicht zurückkommen. Als ich frage, warum, sagt Dad, es gebe Probleme mit der Einwanderungsbehörde.

»Habt ihr genug Geld für die Miete?«, fragt er Amir. »Hast du die Gehaltserhöhung bekommen?«

»Ja«, erwidert mein Bruder schnell.

Mom wischt sich eine Träne aus dem Augenwinkel und ermahnt mich, weiter zur Schule zu gehen, und Amir, weiter zu arbeiten. Sie will, dass wir in Amerika bleiben, heiraten und Familien gründen. »Es ist besser dort«, sagt sie und fängt an zu weinen. Dad legt ihr den Arm um die Schulter. »Eines Tages kommt ihr her. Mit euren Enkeln.«

Das Gespräch ist beendet.

»Dieses Scheißland!«, knurrt Amir.

Das ärgert mich. So ein Heuchler. »Wenn du dieses Land so sehr hasst, müsste es dir doch gerade recht sein, dass sie Mom und Dad nicht wieder reinlassen«, blaffe ich ihn an.

Amir sieht mich überrascht an. Habe ich ihn je so angefahren? Ich rechne damit, eine gewischt zu kriegen, stattdessen sehe ich ihn lächeln. »Oh, unser Muttersöhnchen ist traurig, dass seine Eltern nicht wiederkommen.«

Ich schieße aus meinem Stuhl hoch und schleudere ihn gegen die Wand neben seinem Bett. Ich will ihm nicht wirklich wehtun, aber er soll spüren, wie wütend und frustriert ich bin. Es ist nicht nur wegen unserer Eltern. Es ist alles auf einmal, Angie, die Schule, das Leben … »Findest du das witzig?«, brülle ich.

Er startet einen halbherzigen Versuch, sich zu wehren, aber seine langen Arme und Beine nützen ihm nichts, solange ich ihn gegen die Wand drücke. Er kann sich praktisch nicht bewegen, unsere Gesichter sind nur Zentimeter voneinander entfernt. Amir lächelt nicht mehr.

»Merkst du das nicht?«, brummt er durch die zusammengebissenen Zähne. »Dieses tolle Land mit seinen unbegrenzten Möglichkeiten bringt dich gegen deinen eigenen Bruder auf. Kämpfst du gegen mich, kleiner Bruder, oder gegen die, die Schuld daran sind?«

***

Ich bekomme eine Nachricht.

Sie wurden aufgrund wiederholten Nichterfüllens der Anwesenheits- und Leistungsanforderungen von der Schule verwiesen. Wir möchten Sie bitten, das Schulgelände der Emerson Highschool während des Schuljahrs von Montag bis Freitag zwischen 7:30 Uhr und 16:30 nicht mehr zu betreten. Jede Zuwiderhandlung gilt als Hausfriedensbruch und wird strafrechtlich verfolgt.

Ich schreibe Vitaly.

Hast du Angie gesprochen?

Ja

Was sagt sie?

Will nicht reden.

Sag ihr, ich will sie treffen.

Eine Stunde vergeht. Vitaly antwortet.

Sie sagt nein.

Überrede sie, Bro!

Wie?

***

Wenn sich die Tore der Schule morgens um 7:30 öffnen, strömen achthundert Kids hinein. Wie soll man mich da bemerken?

7:26 Uhr. Ich ziehe meine Strickmütze tief in die Stirn. Die untere Gesichtshälfte ist hinter einem Schal verborgen. Ich habe einen neuen schwarzen Parka an, Amir hat mir das Geld dafür gegeben. Wir sind ein großer Haufen Kids in Jacken, Schals und Mützen.

Es klingelt, die Tür geht auf. Alles rennt hinein. Ich werde vom Strom mitgerissen.

»He, du da! Moment mal!« Der Sicherheitsmann kommt hinter seinem Platz hervor. Wie hat er mich erkannt? Ich drehe mich schnell um und schiebe mich zurück durch die Menge. Die anderen Schüler blaffen mich an, während ich zwischen ihnen hindurchdränge. Bevor der Wachmann mich erwischt, bin ich wieder draußen. Nachdem ich dreißig Meter gesprintet bin, schaue ich mich um. Er steht vor dem Schuleingang und spricht in ein Walkie-Talkie.

Offenbar bin ich nicht der erste Ex-Schüler, der versucht, sich trotz Hausverbots in die Schule zu schleichen. Mist. Zeit für Plan B. Ich biege um die Ecke und laufe an der Laderampe vorbei. Was soll das? Die Seitentür war doch noch nie verschlossen. Ich klopfe. »Tash? He, Tash, mach auf!«

»Geh weg!«, höre ich Tash von drinnen sagen.

Bitte? Ich fasse es nicht. Tash, der Freund meines Vaters, schickt mich weg?

»Komm schon, Tash, ich bin's, Khalil.«

Die Tür bleibt geschlossen, aber Tashs Stimme kommt näher. »Ich muss dich melden.«

»Tash, bitte mach die Tür auf.« Das kann nicht sein Ernst sein.

»Ich riskier meine Job, wenn ich rede mit dir. Wissen deine Eltern das?«

»Klar, Tash, es ist …«

»Sie wissen, dass du von Schule geflogen?«

»Das ist nur vorübergehend. Ich klär das und mach im Herbst weiter.«

Stille. Auf der Laderampe riecht es nach saurer Milch. Ich senke die Stimme. »Hör mal, wenn du mit meinen Eltern redest, sag ihnen nichts davon, ja? Lass mich das in Ordnung bringen. Ich krieg das wieder hin. Du kennst mich doch.«

Die Tür bleibt geschlossen. »Ich höre Geschichten über deinen Bruder.«

»Ja, ich weiß.«

»Er macht die Leute nervös.«

»Das ist nur Gerede, Tash.«

»Wenn man im Kino ›Feuer!‹ brüllt, ist das auch nur Gerede.«

[36]

Tash lässt mich nicht rein. Stunden später sitze ich auf einer Bank im Eingangsbereich vom YMCA, warte darauf, dass der Tauchkurs zu Ende ist, und bereite mich darauf vor, was ich Angie sage. Eltern kommen und gehen und holen ihre Kinder ab. Endlich erscheint Angie mit zwei anderen Mädchen. Sie haben feuchte, strähnige Haare und sind ungeschminkt. Allein bei Angies Anblick geht mir vor Sehnsucht das Herz auf.

Ich stehe auf. Angie sieht mich und erstarrt. Ihre beiden Begleiterinnen bleiben ebenfalls stehen und gaffen mich an. Den Gedanken, direkt auf sie zuzugehen, verwerfe ich schnell wieder. Ich will nichts tun, was irgendwie beunruhigend wirken könnte, also warte ich. Die Mädchen flüstern, ohne mich aus den Augen zu lassen.

Die Eingangstür geht auf, und eine Frau in einem langen beigen Mantel kommt herein. Sie steuert auf die Mädchen zu, ihre High Heels klackern auf den Fliesen. Auf halbem Wege merkt sie, dass etwas nicht stimmt, und sieht in meine Richtung. Sie stellt sich zu den Mädchen, alle starren mich an, als wäre ich ein wildes Tier … Monster … Vergewaltiger … Terrorist?

Die Frau flüstert etwas, was ich nicht hören kann, also stelle ich es mir vor. *Sollen wir die Polizei rufen? Das FBI? Die US-Army?* Angie schüttelt den Kopf. Die anderen sehen mich weiter mit einer Mischung aus Angst und Hass an. Ich fühle mich ungerecht behandelt.

Die Tür geht wieder auf, und Marc kommt herein. Unsere Blicke begegnen sich. Unwillkürlich balle ich die Fäuste. Als wäre die Situation nicht schon kompliziert genug, muss ich mich jetzt auch noch mit ihm herumschlagen? Ich stecke die Hände in die Taschen, bevor Marc sie sehen kann.

Angie löst sich aus der Gruppe. Wahrscheinlich hat sie Angst, dass es Ärger gibt. Marc und sie sind gleichzeitig bei mir.

»Überlass das mir!«, faucht Marc sie an und baut sich vor mir auf.

»Nein!«, ruft Angie. Sie ist schneeweiß.

Aber Marc will es offenbar wissen. Ich nehme die Hände aus den Taschen und verschränke sie hinterm Rücken, nur für den Fall, dass er auf dumme Gedanken kommt. Der ahnt nicht, wie schnell ich ihn im Schwitzkasten habe. Das kriegt der gar nicht mit, ihr blöder Beschützer-Bruder.

Jetzt kommt die Frau im beigen Mantel dazu und fragt, ob

alles in Ordnung sei. Marc zieht extra eine Show für sie ab – er schiebt sein Kinn vor und spielt den Harten.

»Was willst du hier, Khalil?«

»Herrgott noch mal, Marc, du weißt genau, was er will«, sagt Angie mit glänzenden Augen. Ganz offensichtlich ist auch sie genervt von seinem Getue. Sie wendet sich an die Frau. »Ist schon okay, danke. Sagen Sie Pia, dass ich sie nachher anrufe?«

Die Frau verspricht es und verschwindet mit den beiden Mädchen. Marc starrt mich weiter feindselig an. Dass ich nicht lache. Den mache ich mit einer Hand fertig.

Angie laufen die Tränen über die Wangen. »Warum?«

Ihr gequälter Gesichtsausdruck tut mir weh. Vor Marc mit ihr über unser ganzes Dilemma zu reden, ist so ziemlich das Letzte, was ich will, aber was bleibt mir anderes übrig? »Weil du es nicht verstanden hättest.«

»Doch, ich …« Sie verstummt. Sie ist klug genug zu wissen, dass ich sie nicht angelogen hätte, wenn ich auch nur die geringste Chance gesehen hätte, dass sie mich verstehen würde.

Marc bricht das Schweigen: »Du bist also von der Schule geflogen, ja?«

Ich versuche, ruhig zu bleiben. Am liebsten würde ich ihm erzählen, dass ihn das nichts angeht. Dass er mir aus den Augen gehen soll, bevor ich Hackfleisch aus ihm mache. Natürlich sage ich nichts dergleichen.

»Ich leg nur eine kleine Pause ein. Nächstes Jahr mach ich weiter.«

»Und du lebst hier ohne deine Eltern?«, fragt er als Nächstes. Das weiß er offenbar von Angie, und aus seinem Mund klingt es, als hätte er noch nie etwas Verrückteres gehört. Mag ja sogar sein, hier in dieser weißen Stadt mit ihren hübschen Vierteln und den hohen College-Aufnahme-Quoten, wo die Regale im Supermarkt immer voll sind. Wie die meisten hier hat Marc keine Ahnung, wie der Rest der Welt lebt. »Und stimmt es, dass deine Eltern gar keine Bäckerei hatten?«, fragt er.

Meine Eltern? *Jetzt hör mal gut zu: Die Hälfte der Menschen, mit denen meine Eltern aufgewachsen sind, wurden niedergemetzelt, weil sie Moslems waren. Andere sind erfroren oder verhungert. Der Rest musste fliehen. Für viele Kinder war es wahrscheinlich die Ausnahme, überhaupt Eltern zu haben.*

Ich muss mich total zusammenreißen, nicht auf ihn loszugehen. Was bildet der Kerl sich ein, mich hier auszufragen? Doch dann fällt mein Blick auf Angie und ihre geröteten, verweinten Augen. Die Wut löst sich auf und weicht Reue. Langsam schüttele ich den Kopf. *Nein, meine Eltern hatten keine Bäckerei.*

»Du hast mich nach Strich und Faden belogen«, flüstert Angie, als könnte sie es immer noch nicht glauben. Sie dreht sich um und rennt nach draußen. Marc bleibt stehen, wahrscheinlich um sicherzugehen, dass ich ihr nicht folge. Nur dass er jetzt nicht mehr den harten Typ spielt, sondern fast ein bisschen traurig guckt. »Du tust mir leid«, sagt er und geht dann seiner Schwester hinterher.

Seine Worte treffen mich härter als jeder Schlag.

[37]

Angie blockiert meine Handynummer und löscht mich von ihrer Freundesliste.

Vitaly schreibt.

Komm her.

Kann nicht.

Das stimmt nicht ganz. Ich könnte, aber im Moment bin ich noch zu fertig, um mich seinem Vater oder Malika und ihren Fragen zu stellen: Ob ich zu ihnen ziehen will? Was mit dem Job ist, den Mr Umarov mir besorgen wollte? Wenn ich sein Angebot nicht annehme, was mache ich dann?

Warum nicht?

Bin am Planen.

Wieder gelogen. Es gibt nichts zu planen. Meine Eltern kommen nicht wieder. Ich habe Angie verloren und bin von der Schule geflogen. Und bei Walmart Regale auffüllen, erinnert mich an Dads trostlosen Job in der Bäckerei, den ganzen Tag auf den Beinen, und dann diese schweren Mehlsäcke schleppen. Was bleibt mir sonst? Ein Schattendasein. Vielleicht hat Amir Recht mit seiner Meinung über dieses Land.

***

»Ich hab dir doch gesagt, dass du ihr nichts bedeutest«, sagt Amir. Mitgefühl war nie seine Stärke.

Ich will ihm entgegnen, dass er sich irrt. Nur weil er sich nie richtig gut mit einem Mädchen verstanden hat, muss das nicht auch für den Rest der Welt gelten. Das mit Angie und mir war etwas Besonderes. Auf eine Art, die er nie verstehen wird. In einem trifft er es allerdings genau auf den Punkt. Ich fühle mich wie ein Nichts. Leer. Und verloren.

»Und was jetzt?«, fragt er.

Wir sitzen in unserem Zimmer im Wohnheim. MaĐka hockt auf meinem Schoß und schnurrt, während ich sie streichele. Amir sitzt mit seinem Laptop auf dem Bett. Mit seinem zotteligen Bart und der Gebetskappe erinnert er mich an Anwar al-Awlaki. Fehlt nur noch die Nickelbrille. Seine Worte kreisen in meinem Kopf. *Was jetzt? Was jetzt? Was jetzt?* Vitaly wird ans College gehen und irgendwas mit Informatik studieren und sich ein neues Gesicht für seine Firma suchen. Angie wird weiter zur Schule gehen und sich einen neuen Typ suchen.

»Und jetzt, gar nichts«, beantwortet Amir seine eigene Frage.

Unsere Blicke treffen sich. Ich kann ihm nicht widersprechen. Ich bin leer.

Offenbar sieht mein Bruder mir das an. »Wie? Überrascht dich das?« Er lacht. »Was hast du denn gedacht? Dass sie dir Geld geben, damit du aufs College gehen kannst, und einen Job und ein Haus obendrauf? So läuft das hier nicht, kleiner Bruder. Dieses Land ist eine Hure. Sie lädt dich ein mit ihrem Charme und ihren Versprechungen, und dann zieht sie dich bis aufs Hemd aus und schmeißt dich wieder raus.«

Ich habe keine Kraft, mit ihm zu streiten.

»Nimm das hier«, sagt er und wirft mir ein Wegwerf-Handy aufs Bett. »Gib mir deins.«

»Warum?«

»Weil ich es sage.« Amir streckt die Hand aus und wartet.

»Was ist, wenn mir jemand schreiben will?«

»Wer?«

Angie? Wohl kaum. Vitaly? Ich muss ihm nur die neue Nummer geben. Irgendwer sonst? Was spielt das noch für eine Rolle? Wir tauschen die Handys.

»Sieh dir das an.« Amir klopft auf sein Bett. Ich setze mich neben ihn. Auf seinem Laptop läuft ein GoPro-Video. Jemand mit einer Kamera folgt einer Gruppe von Männern in Tarnhemden und Jeans, die mit Kalaschnikows bewaffnet durch eine vom Krieg zerstörte Stadt laufen. Den Kameramann sehen wir nicht, wir hören nur sein abgehacktes Keuchen. Unaufhörlich erklingen schrille Gewehrsalven, ab und zu auch eine laute Explosion, woraufhin kurz die Kamera wackelt. Die Männer gehen gebückt an einer Mauer entlang. Sie signalisieren sich gegenseitig, unten zu bleiben und vorsichtig zu sein. Ein Stück weiter vorne liegt eine Querstraße, in die helles Sonnenlicht fällt.

Der Kameramann kommt aus Versehen zu nah heran, der Letzte in der Reihe brüllt ihm wütend zu, dass er zurückgehen soll. Das ist Osip! Mit dem wir neulich in der Werkstatt geskypt haben. Er trägt eine umgedrehte Baseballkappe und einen Patronengurt über der Brust. Cooler kann man nicht aussehen.

Der Kameramann fällt wieder zurück, filmt dabei aber, wie der erste Mann in der Reihe die Ecke erreicht, in die Hocke geht und das Feuer eröffnet. Aus der Querstraße wird heftig zurückgeschossen. Man hört die Kugeln vorbeizischen und sieht, wie sie den Staub aufwirbeln. Während einer kurzen Feuerpause rennt der Erste auf die andere Straßenseite.

Sofort bricht das Feuer wieder aus. In der nächsten Pause saust wieder einer rüber. Jetzt sehen wir nur noch Osip und den Mann vor ihm, der aus seiner Kalaschnikow um die Ecke ballert, wobei seine Schulter mit jeder Salve zurückzuckt. Ich spüre das Adrenalin durch mein Blut strömen und stelle mir vor, ich würde dort hocken und schießen. Es fühlt sich total echt und heftig an, vor allem weil Osip nicht irgendein Fremder ist, immerhin haben wir mit ihm geskypt. Ich sehe mich mit Baseballkappe und Patronengurt und komme mir vor wie ein Held. Die Leere, die ich eben noch verspürt habe, ist wie weggeblasen.

Die Männer auf der anderen Straßenseite winken und rufen ihren Kameraden zu, dass sie rüberkommen sollen. Während der nächsten Feuerpause stürmen Osip und der andere auf die Straße. Doch dann fallen Schüsse und der Mann neben Osip geht zu Boden. Osip kniet sich mitten auf der Straße hin und gibt dem Verwundeten Feuerschutz, der daraufhin den restlichen Weg bis zur Ecke kriecht.

Jetzt bricht das Feuergefecht richtig los. Wir sehen den Feind zwar nicht, aber wir wissen, dass er da ist und mit allen zur Verfügung stehenden Waffen schießt. Sowohl Osip, der noch auf der Straße kniet, als auch die Kameraden an der Ecke erwidern das Feuer. Patronenhülsen fliegen aus Osips Kalaschnikow, aus dem rauchenden Lauf kommen Flammen. Die ganze Szene ist unglaublich spannend. Als würde man puren Sauerstoff einatmen.

Peng! Peng! Peng! Peng! Peng!

Plötzlich taumelt Osip rückwärts und liegt im nächsten Moment mit merkwürdig gespreizten Beinen flach auf dem Rücken.

Die Schüsse brechen ab, stattdessen erklingt Gebrüll. Einer der Männer will Osip zu Hilfe kommen, aber dann wird das Feuer wieder aufgenommen, und er krabbelt zurück in den Schutz der Häuser.

Währenddessen breitet sich eine dunkelrote Pfütze unter Osips Kopf aus. Seit er gefallen ist, hat er sich nicht mehr gerührt. Liegt einfach platt auf der Straße. Ich beuge mich zum Bildschirm vor und versuche zu erkennen, ob seine Brust sich hebt und senkt. Ganz still liegt er da. Totenstill.

Das Video ist zu Ende. Amir stellt den Laptop beiseite. »Osip ist ein Märtyrer, ein Shahid. Die ganze Welt wird dieses Video sehen und sich immer an seinen Mut und seine Tapferkeit erinnern. Ihn erwartet die größte Belohnung im Paradies. Osip ist ein Held, kleiner Bruder, kein Nichts und Niemand, der im Schoße des Feindes lebt.«

Erst als mein Herz sich beruhigt, merke ich, wie schnell es eben noch geschlagen haben muss. Osip ist nicht mehr. Aber gleichzeitig ist er viel mehr. Könnte das auch ich sein?

[38]

»Du kapierst nicht, wann Schluss ist, oder?«, sagt Marc, der in der Tür steht. »Was genau an ›sie will dich nicht sehen‹ hast du nicht verstanden?«

Ich schwöre, das macht er mit Absicht. Vielleicht will er mich provozieren, damit ich ihm eine reinhaue und er Angie beweisen kann, dass er mich genau richtig eingeschätzt hat. Und nicht nur mich, sondern jeden dreckigen, blutrünstigen, gewalttätigen, antiamerikanischen Moslem auf Erden.

Ich bin hier, weil ich nicht anders kann. Weil ich das Gefühl habe, dass mein Leben davon abhängt. Weil ich nicht weiß, wie ich Angie sonst sehen soll. Aber es hat keinen Zweck, das Marc erklären zu wollen. Er will es nicht verstehen.

»Warum kann sie mir das nicht selbst sagen?«

Marc verschränkt die Arme wie ein Türsteher, der den Mob nicht in den Club lassen will.

»Es hat sie wirklich verletzt, Khalil. Ich meine, all die Lügen, die du ihr erzählt hast.«

Wenn es sie verletzt hat, heißt das, dass ich ihr etwas bedeute. Wunden können heilen. Deswegen muss ich erst recht mit ihr sprechen. Um sie zu überzeugen, dass wir das wieder hinkriegen.

Das kann ich natürlich schlecht Marc erzählen.

»Nur fünf Minuten«, schlage ich vor.

Er schüttelt den Kopf. Er hat keine Lust mehr, sich das anzuhören. Er wartet nur darauf, dass ich endlich abhaue.

»Warum noch mal kann sie mir das nicht selbst sagen?«, fange ich wieder an und bin entsetzt, wie verzweifelt ich klinge.

»Jetzt hör mal gut zu, Khalil.« Marc spricht ganz ruhig, wie mit einem kleinen Kind. »Ich stehe hier nicht, weil ich es will. Ich stehe hier, weil Angie mich darum gebeten hat. Weil sie … nie … mehr … mit dir reden will. Wenn du also klug bist, gehst du jetzt einfach. Das ist Privatgelände. Ich will nicht die Polizei rufen müssen.«

Mein Magen ist am Rotieren, meine Gefühle fahren Achterbahn. So kann es nicht enden. Ich muss mit Angie sprechen. Aber wie? Auf einmal sehe ich, dass Marcs Blick nach unten gewandert ist … zu meinen Händen. Ohne es zu merken, habe ich sie zu Fäusten geballt. Er sieht wieder hoch in meine Augen.

»Du gehst jetzt besser.« Er schließt die Tür, und ich starre auf den Messing-Türklopfer.

Kann sein, dass er jetzt die Polizei ruft. Ich glaube es aber nicht. Noch nicht jedenfalls. Er wird kurz warten und dann durchs Fenster gucken. Wenn ich dann noch da bin, ruft er die Bullen.

Ich gehe und überlege, was ich machen soll. Mir fällt absolut nichts ein. Ich fühle mich, als würde ich vor einem tiefen dunklen Abgrund stehen. Das Einzige, was mich davon abhält, über den Rand zu treten, ist der Hauch einer Hoffnung, Angie irgendwie dazu bewegen zu können, zu mir zurückzukommen. Aber dieser Hauch wird immer schwächer.

Als ich an der Straße bin, tritt auf der anderen Seite gerade Tyler aus dem Haus und bleibt auf der Veranda stehen. Wir schauen uns an. Ich hab ihn seit der Party nicht mehr gesehen, hab nur gehört, dass er auf unbestimmte Zeit Hausarrest hat.

Er winkt mich rüber. Warum? Was will er? Mir erzählen, dass Angie mich nicht wiedersehen will? Muss ich mir das jetzt auch noch von *ihm* anhören?

Hoffnung und Hilflosigkeit treiben mich gleichermaßen über die Straße und seine Auffahrt hoch. Tyler schiebt die Hände in die Taschen. Mit seinen hängenden Schultern wirkt er überhaupt nicht mehr so mackerhaft wie sonst. Eher niedergeschlagen. »Sie ist wirklich verletzt, Stan.«

Ich sehe ihn skeptisch an. Und ausnahmsweise reagiert er darauf. »Sorry, *Khalil*, war nicht böse gemeint. Aber was ich über Angie gesagt habe, stimmt.«

In der Hoffnung, nicht zu verzweifelt zu klingen, sage ich: »Wenn ich doch nur mit ihr reden könnte.«

»Das ist ja das Problem. Warum soll sie dir noch irgendwas glauben?«

»Sie hätte es nicht verstanden, wenn ich ihr die Wahrheit gesagt hätte.«

Tyler sieht mich mit einem Blick an, wie ihn nur Leute haben, die nicht wissen, was es bedeutet, lügen zu müssen, um zu überleben.

»Was hast du dir dabei gedacht, ihr all diese Lügen zu erzählen? Dass sie eines Tages wie durch ein Wunder wahr würden?«

Ich starre auf die teuren Marmorplatten unter uns, beiße die Zähne zusammen und spüre, wie meine Stirn warm wird. Aber ich bin nicht wütend auf Tyler. Ich bin wütend … auf alles, was passiert ist. Amir hat Recht. Dieses Land ist eine miese Hure, die sich die Träume der Einwanderer zunutze macht. Warum ist meine Familie bloß hergekommen?

Weil wir keine andere Wahl hatten.

Weil wir als Moslems in Bosnien verfolgt wurden.

Darauf läuft es doch letztendlich hinaus, oder?

Weil einen als Moslem jeder überall hasst.

Tyler räuspert sich. Warum rede ich überhaupt mit ihm? Er ist doch sowieso auf ihrer Seite. Ich drehe mich um. »Ich sollte besser …«

»Warte«, sagt er.

Ich bleibe stehen.

Tyler sieht an mir vorbei zu Angies Haus. »Ich spreche mit ihr. Vielleicht kann ich sie ja umstimmen.«

Was bitte ist *jetzt* los?

Tyler streift mit dem Fuß über den Marmorboden. »Ich bin dir noch was schuldig«, sagt er. »Von der Party, falls du dich erinnerst.«

[39]

Vitaly und ich gehen in die Stadt. Tyler hat Angie überredet, sich mit mir bei *Ronnie's Pizza Plaza* zu treffen, und ich habe Vitaly gebeten mitzukommen, weil ich glaube, dass es sich für sie dann weniger bedrohlich anfühlt.

»Was treibt Amir in letzter Zeit so? Plant er irgendwas?«, fragt er.

Nachdem mein Bruder wegen seines radikalen Gedankenguts aus dem Islamischen Zentrum ausgeschlossen wurde, ist die Frage durchaus berechtigt. Gestern ist Marat mit uns zu der Schießanlage gefahren, wo man mit Maschinengewehren schießen kann. Das war genial. Aus den Schießscheibenfiguren wurden reale Personen: Marc, die Zents, die beiden Detectives, der Mann von der Schulbehörde, Ms Appleby. Es fühlte sich richtig befreiend an, sie mit ein paar Gewehrsalven zu zerfetzen.

»Gar nichts«, sage ich. »Er plant nichts.« Und was wenn doch? *Stell dir vor, du würdest etwas tun. Du würdest dich für etwas einsetzen, an das du glaubst. Du würdest etwas ändern.* Amirs Worte, die ich so und ähnlich seit Wochen in Dauerschleife höre, gehen mir durch den Kopf. Mr Umarov meinte, es habe keinen Sinn, den Märtyrer zu spielen, wenn man im nächsten Krieg schon vergessen sei. Aber geht es darum? Kennt jemand die Namen der zahllosen Moslems, die während der Kreuzzüge um das Heilige Land gekämpft haben? Natürlich nicht. Das ist tausend Jahre her. Aber wenn sie damals nicht gekämpft und ihr Leben gegeben hätten, hätten wir dann heute Mekka? Nein. Kann das etwas sein, wofür es sich zu kämpfen und zu sterben lohnt? Vielleicht.

***

Tyler und Angie sitzen nebeneinander in einer Sitzecke in der Pizzeria. Angie ist blass, sie starrt auf ihre Hände. Nur ein schmaler Ring heute. Sie sieht mich nicht mal an.

Mir ist übel vor Aufregung. Ich räuspere mich leise. »Danke, dass du gekommen bist.«

Sie reagiert nicht. Tyler rutscht aus der Ecke, und ich setze mich ihr gegenüber. Und warte. Ich bin nicht ganz sicher, worauf. Dass Angie mich ansieht? Dass Allah mir beisteht?

Ich beginne mit meiner Rede, die ich schon hundertmal im Kopf durchgegangen bin. »Angie, es tut mir leid. Ich habe dir nur nicht die Wahrheit gesagt, weil …«

Sie ist unkonzentriert. Scheint gar nicht zuzuhören. Die langen Haare bedecken ihre Ohren und fallen ihr auf die Schultern. Ich breche ab, hole einen Stift raus und schreibe auf eine Serviette: *Kannst du bitte die Ohrstöpsel rausnehmen*?

Sie seufzt genervt und zieht sie raus, starrt aber weiter auf ihre Hände und dreht die ganze Zeit an ihrem Ring.

Ich fange noch mal an. »Es tut mir leid. Ich habe dir nur nicht die Wahrheit gesagt, weil …«

Sie sieht zu mir hoch, direkt in meine Augen, die Verletztheit weicht augenblicklich aus ihrem Gesicht, und ihre Miene verhärtet sich, als wollte sie sagen: *Ja? Ja? Dann erzähl mal, warum du mir nicht die Wahrheit sagen konntest.*

Die Rede, die ich geplant hatte, erscheint mir plötzlich belanglos. Wie soll ich ihr erklären, dass ich gelogen habe, weil ich Angst hatte, sie zu verlieren, wenn sie erfährt, wo und wie ich lebe?

Aber wie sich herausstellt, bin ich nicht der Einzige, der eine Rede vorbereitet hat. »Hast du eigentlich eine Ahnung, wie beleidigend es ist, dass du mich für so oberflächlich hältst zu denken, ich hätte kein Interesse mehr an dir, wenn du mir die Wahrheit über deine Familie erzählst?«, fragt sie. »Was sagt das über dein Bild von mir aus, Khalil? Von Frauen allgemein? Ich werde es dir sagen. Du denkst, wir interessieren uns nur für Äußerlichkeiten und Geld.« Sie beugt sich vor. »Oder bist du vielleicht der Oberflächliche hier? Denn nach all der Zeit, die wir miteinander verbracht haben, wie sonst solltest du so über mich denken?«

Wenn mir jetzt Direktor Walsh gegenübersäße, wüsste ich, was ich sagen würde. Wenn es die Polizisten wären, wüsste ich, was ich *nicht* sagen würde. Aber das hier ist Angie, und ich kann sie nicht wieder anlügen. Was also soll ich machen? Ich sehe zu Tyler rüber, der wie ein Bodyguard am Tresen sitzt und uns beobachtet. Vitaly, der so gern von Tyler beachtet würde, sitzt allein an einem Tisch am anderen Ende, so weit entfernt von ihm, wie man nur sein kann. Er sieht aus wie ein junger Hund, der darauf wartet, dass man ihm einen Ball hinwirft.

Angie wartet noch auf meine Antwort. Was kann ich sagen? Ich will sie nicht verlieren. Ich will nicht, dass es zu Ende ist.

Aber ich weiß nicht, was ich dagegen tun kann.

Mit glänzenden Augen streckt sie die Hände aus und legt sie auf meine. »Du bist ein guter Mensch, Kal. Wirklich. Ich wünschte nur, du würdest ein bisschen mehr an dich glauben. Und hättest nicht so oft das Gefühl, lügen zu müssen.«

Damit habe ich nicht gerechnet. Was ist das? Ein Hoffnungsschimmer? Ein Zeichen, dass sie mich versteht? Ermutigt drücke ich ihre Hand. »Heißt das, wir können …«

Sie schüttelt den Kopf und zieht ihre Hände weg. »Nein, können wir nicht.« Dann steckt sie die Ohrstöpsel wieder rein und rutscht aus der Sitzecke.

[40]

Schwer atmend stehen Vitaly und ich in der Menge, die sich vor dem Haus der Umarovs versammelt hat. Zwei weiße SUVs parken auf der Straße, ein Mann und eine Frau in blauen Jacken mit gelber Aufschrift halten die Leute zurück. Beamte der Immigrationsbehörde.

Als wir eben um die Ecke kamen und die Wagen dort stehen sahen, sind wir sofort losgerannt. Vitaly ist direkt auf die Polizisten zugegangen und hat ihnen gesagt, er wohne hier und sie sollten ihn durchlassen. Sie haben ihn ignoriert, bis er versucht hat, sich an ihnen vorbeizudrängeln, und sie ihm drohten, ihn zu verhaften. Jetzt steht er neben mir und sagt gar nichts mehr.

Die Tür des Wunderhauses geht auf, von drinnen sind Geheule und Geschrei zu hören.

»Das können Sie nicht tun!«

»Sie hat eine Aufenthaltsgenehmigung!«

»Fassen Sie sie nicht an!«

»Momma!«

Zwei Beamte führen Paul in Handschellen aus dem Haus. Er hält den Kopf gesenkt wie ein Verbrecher. Wieder ertönt Geschrei, als zwei Polizistinnen Malika abführen, ebenfalls in Handschellen. Vitalys Eltern folgen, unaufhörlich weinend und flehend. Die Menge sieht schweigend zu. Die Umarovs sind neu hier im Viertel. Kaum jemand kennt sie.

Paul und Marika werden in die SUVs gesetzt. Mrs Umarov fällt schluchzend auf die Knie. Mr Umarov bückt sich, um ihr aufzuhelfen. Vitaly laufen die Tränen über die Wangen.

***

Freunde der Umarovs treffen ein. Die Frauen sitzen im Wohnzimmer und versuchen, Mrs Umarov zu trösten. Die Männer stehen bei Mr Umarov in der Küche und schimpfen leise. Jeder kennt einen Anwalt, den man anrufen kann, oder jemanden, der Ähnliches erlebt hat.

Vitaly hockt auf seinem Bett. Die Tür ist zu. Ich sitze auf einem Stuhl, vornübergebeugt und mit gefalteten Händen.

»Pauls Visum ist vor drei Jahren abgelaufen«, sagt Vitaly.

»Wusste Malika das?«

»Ja. Er hätte sich bei der Einwanderungsbehörde melden müssen. Womöglich hätte er eine Familien-Greencard bekommen können.«

»Und was war das Problem?«

»Er hatte Geld gespart. Kannst du dir das vorstellen? Arbeitet als Hotelpage. Kriegt nicht mehr als den Mindestlohn … Keine Ahnung, vielleicht mit Trinkgeldern. Jedenfalls bewahrt er das Geld in einer Packung Tiefkühlerbsen im Gefrierfach auf, weil er ohne gültiges Visum kein Konto eröffnen kann. Dann heiratet er meine Schwester, und da sie ein Konto hat, macht er das einzig Logische. Er gibt ihr das Geld, damit sie es auf ihr Konto einzahlt.«

»Was dann natürlich so aussieht, als hätte er sie bezahlt, damit sie ihn heiratet und er hierbleiben kann«, folgere ich.

Vitaly nickt traurig.

Aus dem Wohnzimmer sind wieder Schluchzen und Gejammer zu hören. Wir haben inzwischen erfahren, was passiert ist. Die Beamten der Einwanderungsbehörde kamen mit einem Durchsuchungsbefehl ins Haus gestürmt. Sie haben Paul und Malika getrennt und alle möglichen persönlichen Fragen gestellt. Wer auf welcher Seite des Bettes schläft. Wer welche Schubladen benutzt. Was sie beim Schlafen anhaben. Ob er schnarcht. Sie haben die Zahnbürsten gezählt und in den Schränken nachgesehen, ob ihre Kleider vermischt waren. Malika und Paul haben ihnen die Wahrheit erzählt. Dass sie von ihm schwanger geworden war. Und dass sie erst seit einem Monat verheiratet waren. Nichts, was es nicht schon tausendmal gegeben hätte.

Vitaly zieht an ein paar losen Fäden an seiner Bettdecke. »Wir werden alle gehen müssen.«

Ich schaue überrascht hoch. »Wovon redest du?«

»Die werden Paul auf jeden Fall ausweisen. Und Malika vielleicht auch. Aber das ist egal, er ist der Vater ihres Kindes, also wird sie mit ihm gehen, egal wohin. Und denkst du, meine Mutter würde hierbleiben, wenn Malika mit ihrem ersten Enkelkind nach Tschetschenien zurückgeht? Oder mein Vater? Ich meine, Paul ist ein netter Kerl, aber er ist nicht unbedingt der Hellste.«

Das ist doch echt das Letzte. Niemand in Vitalys Familie hat irgendetwas Unrechtes getan. »Bro, niemand liebt dieses Land mehr als deine Eltern.«

Außer Vitaly vielleicht.

Vitaly zieht an einem Faden, bis er reißt. »Die Familie geht vor.«

Wir schweigen. Von den anderen ist auch nichts mehr zu hören. Meine Gedanken drehen sich im Kreis. Ich habe mein Zuhause verloren.

Ich habe Angie verloren.

Ich habe die Orientierung verloren.

Nur von einem Menschen hätte ich nie gedacht, dass ich ihn je verlieren würde.

»Und was ist mit dir?«, frage ich.

Vitalys Augen sind gerötet. Er weiß, dass ich ihn nicht danach frage, ob er die Familie auch mehr liebt als dieses Land. Wenn er bleibt, dann bei Amir und mir, das ist uns beiden klar. Nach seiner Familie bin ich der wichtigste Mensch in seinem Leben. Mit Abstand.

Nur dass bei uns kein Platz für ihn ist. Wo also soll er leben? Und wovon? Wie soll er das College bezahlen? Ich kenne ihn, und ich weiß, dass das die Fragen sind, die ihm jetzt durch den Kopf gehen.

Und ich weiß, wie seine Antwort lauten muss.

[41]

»Heute Abend es passiert Folgendes«, sagt Ruslan und geht unruhig auf und ab. »Jeder von euch fährt mit Auto zu andere Adresse.«

Wir sitzen im Büro des Autoverleihs. Ich habe Ruslan sofort erkannt.

Er ist der Mann, den ich nicht anschauen durfte, als wir die Kamerafabrik ausgekundschaftet haben. Der mit dem hängenden Augenlid.

»Ich dachte, wir konzentrieren uns auf ein Ziel«, sagt Marat und blinzelt nervös.

»Lass mich ausreden.« Ruslan klingt verärgert. »Nur in eine Auto ist Sprengstoff. Andere beide sind Köder. FBI ist nicht blöd. Sie beobachten uns. Mit drei Autos wir haben bessere Chance als mit eine.«

»In welchem ist der Sprengstoff?«, fragt Amir.

Ruslan richtet den Blick auf mich. »Wo sie am wenigsten vermuten.«

***

Als Amir und ich vorhin in der Werkstatt ankamen, wollte Ruslan von Amir wissen, warum er glaube, dass man mir jetzt vertrauen könne. Nachdem Amir es ihm erklärt hatte, stellte Ruslan mir dieselbe Frage. Ich erzählte ihm, was ich alles verloren hatte, was die Umarovs verloren hatten, und wie angewidert ich von diesem sogenannten Land der unbegrenzten Möglichkeiten war. Er fragte, ob ich an Allah glaube. Natürlich tue ich das. Er forderte mich auf, einen *Bai'a* zu leisten, einen Treueeid. Das tat ich. Warum auch nicht?

Jetzt verlassen wir einer nach dem anderen die Werkstatt und steigen in die Autos. Ruslan kommt an mein Beifahrerfenster, reicht mir ein Handy und legt ein zweites auf den Sitz neben mich. Daran klebt eine kleine Platine, auf der sich rote, schwarze und weiße Drähte schlängeln. »Das ist Fernzünder. Nicht anfassen. Später nur mit Handschuhe. Du nimmst mit, wenn du aussteigst. Du gehst sechshundert Schritte, dann drückst du eins, zwei, drei. Wenn nicht explodiert, du gehst zurück fünfzig Schritte und versuchst noch mal. Verstanden?«

»Ja.«

»Nach Bombe du gehst Seitenstraßen. Wenn du Scheinwerfer siehst, du versteckst dich. Geh, so weit du kannst. Ich verfolge dein Handy und hole dich ab.«

»Was ist damit?« Ich zeige auf den Zünder.

»Wirf in Gully.« Er streckt den Arm hinein und klopft mir auf die Schulter. »Allahu Akbar.«

Das war's. Ich fahre los. Laut Navi brauche ich dreiundzwanzig Minuten bis zur Kamerafabrik.

***

In einem mit Sprengstoff beladenen Wagen geht es durch die Dunkelheit. Jedes Mal, wenn ich über einen Huckel fahre, schlägt mir das Herz bis zum Hals und ich frage mich, ob ich gleich in die Luft fliege. Aber dann denke ich, was für ein Segen es wäre, von diesem schrecklichen Herzschmerz wegen Angie erlöst zu werden, ein Geschenk des Himmels, nicht mehr diese wahnsinnige innere Leere spüren zu müssen.

Es ist kurz nach acht und immer noch viel Verkehr auf den Straßen. Was, wenn ich erwischt werde? Dann wandere ich für den Rest meines Lebens ins Gefängnis. Aber bin ich das nicht praktisch sowieso schon?

Noch achtzehn Minuten. Hat Amir Recht, wenn er Amerika als Hure bezeichnet? Wenn du erst mal hier bist, nimmt es dir alles ab, was du mitgebracht hast, lässt dich für einen Mindestlohn schuften, und wenn nichts mehr von dir übrig ist, spuckt es dich aus wie einen abgelutschten Kirschkern. Ein Schlaraffenland ist es nur für die, die sowieso schon alles haben.

Siebzehn Minuten. Vielleicht hat Vitaly sogar Glück. Er wird weggehen, aber er weiß wenigstens wohin, er hat seine

Familie. Könnte ich zu meinen Eltern nach Bosnien gehen? Um dort was zu tun? Arbeitslos zu sein wie alle meine Cousins? In einer Fabrik zu ackern?

Wieder fahre ich über einen Huckel, ohne in die Luft zu fliegen. Obwohl ich es mir ein bisschen wünsche. Wenn das hier vorbei ist, wohnen wir mit Sicherheit nicht mehr im Wohnheim. Aber bevor ich irgendwo anders hinziehe, muss ich MaĐka holen.

[42]

Noch zehn Minuten bis zum Ziel. Zehn Minuten, bis ich etwas gegen die Ermordung unschuldiger Frauen und Kinder tun kann. Wie Amir sagt, man tut wenigstens etwas. Was besser ist, als nichts zu tun. Mit jedem Atemzug sehne ich mich nach Angie. Ohne sie bin ich eine leere Plastiktüte, die hilflos im Wind weht. Das hab ich nicht verdient. Wenn ich sie angelogen habe, dann nur, weil ich nicht anders konnte. Und war ich nicht auch gut zu ihr? Ich war immer gut zu ihr. Ich hab sie nie unter Druck gesetzt. Hab sie nie angerührt, obwohl ich manchmal verrückt war vor Verlangen. Sie ist vielleicht reif für ihr Alter, aber sie ist immer noch fünfzehn. Ein kleines Mädchen. Ein kleines, unschuldiges amerikanisches Mädchen.

Das, was wir hatten, war etwas Reines. Der Koran sagt, keine Versuchung sei gefährlicher als die Frauen. Was Angie betrifft, hat mich immer etwas aufgehalten. Etwas in mir. Einerseits, weil ich sie respektiere. Andererseits, weil es die Sünde ist, die man nicht rückgängig machen kann, wie Amir sagt.

Es gibt andere Dinge, die ich bereue. Das nicht.

***

Ich höre ein Summen. Erst weiß ich nicht, woher es kommt. Dann wird mir klar, dass es das Handy von Ruslan ist. Ich gehe dran.

»Wie weit bist du?« Es ist Ruslan.

»Noch zehn Minuten.«

»Fahr in Auffahrt. Park neben Müllcontainer.«

Auffahrt? Müllcontainer? Ich kann mich von unserem Besuch neulich an nichts dergleichen erinnern. Und erst jetzt merke ich, dass ich ganz woanders langfahre. Ich war so in Gedanken versunken, dass ich gar nicht aufgepasst habe, wo das Navi mich hinführt.

»Moment mal, wohin fahre ich eigentlich?«, frage ich.

Er hat aufgelegt. Ich drücke auf Wahlwiederholung. Niemand geht dran.

***

Ich bin da. Die Auffahrt führt zu einem kleinen Parkplatz. Links steht der Müllcontainer, neben einem hohen Maschendrahtzaun, in den eine Plastikplane geflochten ist. Rechts erhebt sich ein zweistöckiges Gebäude. Einem Schild zufolge ist unten ein Zahnarzt untergebracht und oben ein Tanzstudio. Wozu soll ich hier ein Auto mit Sprengstoff parken? Das ergibt keinen Sinn. Es muss ein Irrtum sein.

Eigentlich kann mir das egal sein. Was spielt es für eine Rolle, was ich in die Luft jage? Aber dann habe ich doch das Gefühl, dass ich besser noch mal anrufe und nachfrage, ob ich hier richtig bin. Ich greife in die Tasche, meine Finger berühren das Handy … und dann noch etwas: Ms Applebys blöden Anhänger mit dem geflügelten Schwein. Mein erster Impuls ist, ihn aus dem Fenster zu werfen. Aber ich tue es nicht. Stattdessen nehme ich das Handy und rufe an.

Wieder geht niemand dran. Warum soll es ein Irrtum sein, wenn Ruslan etwas von einer Auffahrt und einem Müllcontainer gesagt hat und beides stimmt?

Die Fenster im Haus sind alle dunkel. Ich kann mir nicht vorstellen, dass da jemand drin ist. Ich werfe einen Blick auf den Fernzünder auf dem Beifahrersitz. Soll ich sitzen bleiben und mich in die Luft sprengen? Meine Eltern würden das nicht verkraften. Das kann ich ihnen nicht antun. Ich nehme den Zünder, steige aus, laufe durch eine dunkle Seitenstraße vorbei an Bäumen und Hecken und zähle dabei meine Schritte.

Ich bin gerade mal fünfzig Schritte weit gekommen, als am Ende der Straße Scheinwerfer aufleuchten. Ich ducke mich hinter einen Baum und warte, dass der Wagen vorbeifährt.

Als er sich nähert, sehe ich, dass es ein Polizeiwagen ist. Mein Herz fängt an zu rasen, und ich bekomme eine Gänsehaut. Jetzt nicht durchdrehen, sage ich mir. Ist bestimmt nur eine Streife.

Als die roten Rücklichter nicht mehr zu sehen sind, gehe ich weiter, aber nach wenigen Metern tauchen erneut Scheinwerfer auf. Wieder verstecke ich mich hinter einem Baum.

Noch ein Polizeiwagen.

Was ist hier los? Zwei Streifen innerhalb weniger Minuten? Suchen die jemanden? Aber keiner der Wagen ist auffällig langsam gefahren, und Suchscheinwerfer benutzt haben sie auch nicht, so wie die Polizei es normalerweise machen würde. Richtig schnell, wie zu einem Einsatz, waren sie auch nicht. Eigentlich sind sie ganz normal gefahren.

Und beide in dieselbe Richtung …

Ganz hinten in meinem Kopf regt sich ein Gedanke. Was wenn …

Als Nächstes laufe ich mit schnellen Schritten zurück in Richtung Wagen und drehe mich regelmäßig um, für den Fall, dass noch mehr Scheinwerfer auftauchen. Damit missachte ich ganz klar Ruslans Anweisungen. Schlimmer noch, wahrscheinlich begehe ich gerade einen großen Fehler.

***

Ohne ein weiteres Auto gesehen zu haben, erreiche ich kurz darauf den Parkplatz. Ich blicke mich um. Es muss doch einen

Grund geben, warum Ruslan sich diesen Ort ausgesucht hat. Warum ich neben dem Müllcontainer am Zaun parken soll.

Der Zaun …

Die grüne Plastikfolie ist blickdicht, aber wenn man auf den Müllcontainer klettert, kann man über den Zaun sehen.

Dort steht ein altes Backsteingebäude mit großen hell erleuchteten Fenstern.

Die Polizeiwache.

[43]

Ich sitze auf dem Bordstein hinter dem Busbahnhof, drehe den Schweine-Anhänger in meiner Hand hin und her und denke an Ms Appleby und ihr Bestreben, das Unmögliche zu erreichen oder es zumindest zu versuchen. Gleichzeitig muss ich immer wieder an einen von Angies letzten Sätzen denken. *Du bist ein guter Mensch, Kal. Wirklich.*

Das Handy vibriert in meiner Tasche. Ich gehe nicht dran.

Die Welt ist total verkorkst. Jeder denkt, seine Seite hat Recht und die andere hat Unrecht. Gleichzeitig werden Tausende von Menschen, denen es egal ist, wer Recht hat, getötet und verstümmelt.

Wieder das Handy. Ich gehe immer noch nicht dran.

Und obwohl mein Leben so derartig den Bach runtergegangen ist und es mir egal sein könnte, was aus anderen Menschen wird, ist es mir … irgendwie … doch nicht egal.

Das Handy vibriert wieder. Diesmal gehe ich dran.

»Was ist passiert?«, fragt Ruslan.

»Das ist eine Polizeiwache.«

Schweigen.

»Es sollte die Fabrik sein, wo sie Digitalkameras für Drohnen bauen.«

»Was geht dich das an?«

Du bist ein guter Mensch, Kal. Wirklich.

»Hör zu«, knurrt Ruslan durchs Telefon. »Tu, was ich sage. Sonst.«

»Sonst was?« Nicht, dass das noch eine Rolle spielen würde. Ich hab den Zünder schon in einen Gully geworfen.

»Töten wir deine Freundin und ihre Familie.«

***

Bei Tyler brennt Licht. Keuchend drücke ich auf die Klingel und spähe durch ein schmales Fenster ins leere Wohnzimmer.

»Wer ist da?«, fragt eine Frauenstimme durch die Gegensprechanlage.

»Khalil Yasin.«

»Wer bitte?«

»Ich bin ein Freund von Tyler. Aus der Schule.«

Stille. War das Tylers Mutter? Geht sie ihn jetzt fragen, wer dieser Khalil ist? Die Sekunden verstreichen. Mein Herz pocht immer noch, vom Rennen, vom Stress, vor Angst. War Ruslans Drohung ernst gemeint, Angie und ihrer Familie etwas anzutun? Ich kann es nicht riskieren, die Antwort darauf abzuwarten. Durch das Fenster sehe ich Bewegung im Haus. Die Tür geht auf. Es ist Tyler, barfuß und in Jogginghose. Hinter ihm steht ein Mann mit graumeliertem Haar.

»Khalil, was verschafft mir die Ehre?« Seinem Tonfall entnehme ich, dass ich aufpassen muss, was ich vor seinem Vater sage.

»Ich wollte zu Angie, aber sie ist nicht zu Hause, also dachte ich, ich sag mal Hallo«, erkläre ich mit einem freundlichen Grinsen. Tyler ist natürlich klar, dass ich totalen Müll rede, aber seinem Vater hoffentlich nicht.

»Ruft man da nicht vorher an?«, fragt Mr Roberts. Solche Fragen stellt ein Vater, der erst kürzlich festgestellt hat, dass sein Sohn und dessen Freunde doch nicht ganz die Engel sind, die er in ihnen gesehen hatte.

»Ich … wollte sie überraschen.«

Mr Roberts runzelt die Stirn. Entweder mag er keine Überraschungen oder er ist inzwischen überzeugt, dass alles, was Teenager von sich geben, gelogen ist. Beides wäre verständlich. »Tja, Khalil, wie du wahrscheinlich weißt, darf Tyler zurzeit keinen Besuch empfangen.«

Ich muss mir etwas ausdenken. Und zwar schnell. »Äh, könnte ich vielleicht meinen Bruder anrufen, dass er mich abholt? Mein Akku ist alle.«

Tyler hat sein Handy oben gelassen, und Mr Roberts schickt ihn hoch, um es zu holen. Er bittet mich, ums Haus herumzugehen und im Nebeneingang zu warten.

Dort angekommen erwartet mich ein kleiner Raum, in dem man seine Schuhe auszieht, um keinen Dreck ins Haus zu tragen. Jacken, alle möglichen Kopfbedeckungen und Schals hängen an Haken. Neben einer Bank stehen Dutzende von Schuhen ordentlich nebeneinander aufgereiht. Ein ganzer Raum … nur für schmutzige Schuhe.

Tyler kommt durch die Küche. »Was ist los?«, flüstert er.

»Ich muss mit Angie reden. Es ist dringend, und ich hab tatsächlich kein Handy.« Ruslan hat mir zwar das Wegwerf-Gerät gegeben, aber da Angie die Nummer nicht kennt, wird sie nicht drangehen.

Tyler sieht mich an wie einen Außerirdischen. »Wann kapierst du endlich, dass es aus ist? Sie will nicht mehr.«

Irgendwas muss ich ihm sagen. Anders geht es nicht. »Sie ist in Gefahr. Ihre ganze Familie.«

Tyler hält den Kopf schräg und kneift die Augen zusammen. Bei jedem anderen hätte so eine Behauptung wahrscheinlich lächerlich geklungen. Wenn man Khalil Yasin heißt, ist das etwas anderes. »Warum?«, fragt er.

Mehr kann ich nicht sagen. »Du musst mir einfach glauben.«

»Selbst wenn ich es tue, warum sollte Angie dir glauben?«

[44]

Mir bleibt nichts anderes übrig, als Tyler zu erzählen, dass eventuell ein Terrorist versuchen wird, Angie und ihre Familie zu töten. Er sieht mich mit aufgerissenen Augen an. »Khalil, wenn das ein Trick ist …«

»Es ist kein Trick, Tyler.«

Er beißt sich auf die Lippe. Das Ding ist, wir beide wissen, dass er mir glauben muss, weil es so was schon mehrmals gegeben hat, am Elften September, in Fort Hood, beim Boston-Marathon und in San Bernardino.

»Warum Angie?«, fragt er. »Was hat sie …?« Dann verstummt er, als ihm klar wird, dass es nur einen Grund geben kann, warum Angie mit etwas zu tun haben sollte, was auch nur entfernt nach Terrorismus riecht.

Er nimmt sein Handy, tippt etwas ein und spricht dabei weiter mit mir. »Sie ist mit Langley im Kino. Langley hält es nie lange aus, ohne auf ihr Handy zu gucken.« Er drückt auf »senden«.

Stille. Was macht Ruslan gerade? Ist er unterwegs zu Angie? Ist er schon da? Ich gehe ans Fenster, kann ihr Haus aber von hier aus nicht sehen.

»Meinst du wirklich, ihr könnte etwas passieren?«, fragt Tyler verunsichert.

»Vielleicht sollten wir zum Kino fahren«, schlage ich vor.

»Ich hab Hausarrest, falls du dich erinnerst.«

»Tyler, dieser Typ … der meint das ernst …«

Tyler sieht mich an und tippt dann wieder etwas in sein Handy. »Matt Parker und seine Freunde sind auch da. Vielleicht sitzen sie zusammen … oder er kann sie suchen gehen.«

Mein Herz schlägt so schnell wie die Flügel eines Kolibris. Ich zittere bei dem Gedanken, Angie oder ihrem Bruder oder Vater könnte etwas passieren.

»Willst du was Warmes trinken?«, fragt Tyler.

Wow, damit hätte ich nicht gerechnet. »Tee?«

»Schwarzen? Okay, bring ich dir. Warte hier.«

»Mit viel Zucker«, rufe ich ihm nach. Als er weg ist, gehe ich nach draußen, von wo ich Angies Haus sehen kann. Es ist dunkel. Keine verdächtigen Autos auf der Straße.

»Khalil?« Tyler steht mit einem dampfenden Becher hinter mir in der Tür. »Ich dachte schon, du bist abgehauen.«

»Das ging aber schnell.«

»Wir haben so ein Heißwassergerät.« Er hält mir den Becher hin.

Ich nippe daran. Ein bisschen dünn, aber heiß und süß. »Danke.«

»Komm rein«, sagt er. »Es ist zu kalt, um die Tür aufzulassen.«

***

Solange ich bei Tyler bin, kann ich Angies Haus gut im Auge behalten. Alle paar Minuten gehe ich nach draußen. Nachdem ich den Tee ausgetrunken habe, bringt mir Tyler ein Stück Kuchen.

»Jetzt mal im Ernst, Kal, Terroristen?«

Ich schüttele den Kopf. Ich habe genug gesagt. Mehr muss er nicht wissen, und dass die USA die Menschen im Nahen Osten mit ihren Bombardierungen, ihren Armeen und Drohnen terrorisieren, wird er nicht hören wollen. Oder wie sie amerikanische Moslems mit Misstrauen und Überwachung tyrannisieren und mit opportunistischen Politikern, die sofort jeden Moslem als Terroristen bezeichnen, solange ihnen das ein paar Wählerstimmen einbringt. Wie jeder in diesem Land will Tyler nur die eine Seite der Geschichte sehen. Macht geht vor Recht. Geschichte schreiben die Gewinner. Niemanden in diesem Land scheint es zu kümmern, dass für viele friedliebende Moslems auf der ganzen Welt Amerika fast so böse ist wie Nazi-Deutschland während des Zweiten Weltkriegs. Aber niemand wagt es, so etwas in Amerika auszusprechen. Selbst im Land der Meinungsfreiheit gibt es gewisse Grenzen.

Inzwischen habe ich den Kuchen aufgegessen und war noch mal draußen. Angies Haus ist noch dunkel, und fremde Autos sind nicht in Sicht. Tyler schaut stirnrunzelnd auf sein Handy. Offensichtlich hat noch immer niemand geantwortet.

Meine Gedanken drehen sich im Kreis. Hat Ruslan geblufft? War es eine leere Drohung? Was hätte ein Terrorist in diesem Land davon, Angie und ihrer Familie etwas anzutun? Außerdem, jetzt wo Tyler eingeweiht ist, kann er doch das Haus im Auge behalten und sie warnen. Vielleicht sollte ich gehen. Ich muss Amir finden. Ich kann mich ja in der Nähe des Wohnheims verstecken und warten, bis ich ihn rein- oder rauskommen sehe. Mir wird schon was einfallen, wie ich ihn erwische, ohne dass Ruslan es mitbekommt.

Ich drehe mich zu Tyler um. »Ich muss los. Danke für den Tee und den Kuchen. Behalt Angies Haus im Auge, okay?«

Tyler richtet sich auf. Er sieht beunruhigt aus. »Warte.« Sein Blick springt nervös hin und her. »Äh, was ist, wenn ich dich erreichen muss?«

»Warum?«

»Na ja, keine Ahnung. Also, ich meine, dieser Terrorist. Was, wenn mir niemand glaubt?«

»Ruf einfach die Polizei. Die werden dir glauben.«

»Aber … wo gehst du hin?«, fragt er.

Das sieht Tyler gar nicht ähnlich. Was interessiert es ihn, wo ich hingehe? Warum will er … Mir kommt ein schrecklicher Gedanke. Der Tee, der Kuchen … Das war nicht aus reiner Freundlichkeit.

Er wollte mich hierbehalten.

Mit Absicht.

Ich reiße die Tür auf … Im selben Moment kommen vor dem Haus zwei Wagen angerast. Mehrere Leute springen heraus. Auf ihren blauen Jacken steht in großen Buchstaben: **FBI**.

[45]

»Also, was war los?«, fragt der FBI-Agent. Er ist Asiat, trägt die Haare zurückgegelt und zum weißen Oberhemd eine blau-grün gestreifte Krawatte. Ohne das Pistolenhalfter am Gürtel sähe er aus wie ein Geschäftsmann. Ich bin an Händen und Füßen mit Ketten gefesselt und sitze mit ihm und einem anderen FBI-Mann in einem kleinen fensterlosen Raum. Es gibt weder eine Spiegelwand noch eine Videokamera, die aufzeichnet, was passiert und gesagt wird.

»Du solltest die Sprengladung zünden«, versucht mich der zweite FBI-Agent, der eine rote Krawatte trägt, zum Reden zu bringen. »Und warum hast du es nicht getan?«

»Ich will einen Anwalt.«

»Den kannst du dir nicht leisten«, sagt die blau-grün gestreifte Krawatte.

»Ich dachte, dann besorgen Sie mir einen«, erwidere ich.

»Sorry, aber wir bieten Staatsfeinden keinen Rechtsbeistand«, erklärt die rote Krawatte sarkastisch.

»Nur um das klarzustellen, Khalil«, fügt sein Kollege hinzu. »Hier geht es nicht um irgendeinen Gesetzesverstoß. Das ist internationaler Terrorismus. Wir sprechen hier von Krieg. Ihr haltet euch nicht an die Regeln, warum sollten wir es dann?«

Guantanamo, Waterboarding, Überführung in geheime Vernehmungslager außerhalb der USA … Wenn sie mir mit diesen Ketten und ihren Drohungen Angst einjagen wollen, dann gelingt ihnen das ganz gut. Aber ich muss so tun, als würde mich das alles nicht aus der Fassung bringen. Außerdem habe ich den Plan ja gar nicht ausgeführt. Ich habe nichts in die Luft gesprengt. Und ich hatte die ganze Zeit Handschuhe an, wie wollen sie also beweisen, dass ich den Wagen überhaupt gefahren habe?

Die beiden sehen sich wortlos an. Der mit der blau-grünen Krawatte schlägt eine Mappe auf und holt ein Foto raus: Marat.

»Schon mal gesehen?«, fragt er.

Ich sage nichts.

»Marat Halaby ist FBI-Informant. Er hat in diesem Fall von Anfang an mit uns zusammengearbeitet.«

Marat ein FBI-Mann? Ja, klar.

»Falls du uns nicht glaubst«, sagt die rote Krawatte. »Marat ist kein FBI-Agent. Er ist ein drogenabhängiger Kleinkrimineller. Aber er versorgt uns mit Informationen über die muslimische Gemeinde.«

»Nur deswegen sitzt er nicht im Gefängnis«, ergänzt sein Kollege.

Die beiden Typen halten sich offensichtlich für Furcht einflößend. Was auch stimmt. Ich muss mir immer wieder bewusst machen, dass das alles nur Gerede ist.

»Das mit dem Geldautomaten war unsere Idee«, sagt die rote Krawatte. »Damit sollte Marat Ruslans und Amirs Vertrauen gewinnen.«

»Marat wusste von der Farbe«, sagt der andere. »Deswegen sollte dein Bruder das Ding aufbrechen.«

Mir kommen erste Zweifel.

»Jemand hat der Polizei einen Tipp gegeben. Wir konnten sie nicht rechtzeitig abziehen, bevor sie dich zum Verhör mitgenommen haben.«

Mir ist nicht klar, was das für eine Rolle spielt. Die beiden FBI-Männer wechseln wieder bedeutungsvolle Blicke. Die rote Krawatte klappt einen Laptop auf und dreht mir den Bildschirm zu. Es ist das Video, in dem Osip erschossen wird.

Warum zeigen sie mir das?

Ich sehe noch mal, wie Osip seinem Kameraden das Leben rettet und dann selbst stirbt. Er liegt auf der Straße mit dem Kopf in einer Blutlache. Die rote Krawatte drückt auf Pause. »Ein echter Märtyrer.« Er schmunzelt.

»Bereit, sein Leben für eine höhere Sache zu opfern«, sagt sein Kollege und drückt auf Play. Das Video läuft weiter.

»Cut!«, ruft eine Stimme aus dem Off.

Osip setzt sich auf, fasst sich an den Hinterkopf und betrachtet seine roten Finger. Eine junge Frau läuft ins Bild und reicht ihm ein Handtuch, mit dem er sich das Blut abwischt – nur dass es kein echtes Blut ist. Währenddessen kommen die anderen Kämpfer aus der Hocke und strecken sich. Sie stellen ihre Kalaschnikows an die Wand und fangen an, sich zu unterhalten. Einer zündet sich eine Zigarette an.

Die blau-grüne Krawatte hält das Video an. »Ziemlich überzeugend.«

»Hut ab vor den Leuten in der Medienabteilung«, stimmt der Kollege ihm zu.

Mir zieht sich der Magen zusammen. *Das Ganze war ein Fake, eine FBI-Aktion …*

»Also, zurück zur Anfangsfrage, Khalil«, sagt die blau-grüne Krawatte. »Warum hast du den Sprengsatz nicht gezündet?«

Moment mal … »Wäre denn etwas passiert, wenn ich es getan hätte?« Das muss ich wissen.

Beide schütteln den Kopf.

»Dann war Ruslan auch ein Informant?«

»Nein«, sagt die rote Krawatte. »Ruslan ist das Ziel unserer Ermittlungen. Er ist der Drahtzieher, an den wir rankommen wollen.«

»Er hält Marat allerdings für einen Sprengstoff-Experten«, fügt die blau-grüne Krawatte lächelnd hinzu.

»Also hat Marat Attrappen in den Wagen eingebaut?«, frage ich.

Der FBI-Mann zieht die Augenbraue hoch, als wollte er sagen: *Schlaues Kerlchen, dieser Khalil.* Er nickt. »Wir haben genug gegen Ruslan in der Hand, um ihn für lange Zeit hinter Gitter zu bringen, aber es gibt da ein Problem, und dafür brauchen wir deine Hilfe.«

Meine Hilfe? »Wo ist mein Bruder?«

[46]

»Wir haben Amir vor ein paar Stunden erwischt, als er das Land verlassen wollte«, sagt die rote Krawatte.

Was? Ich spüre einen stechenden Schmerz in der Brust. Wie von allein umklammern meine Hände die Tischkante. Beide Agenten sehen das. Schnell lasse ich die Hände unter den Tisch gleiten und versuche, mich zu entspannen. *Sie lügen! Das kann nicht wahr sein. Mein Bruder würde mich niemals hier allein lassen. Niemals!*

»Aus seiner Reiseroute ging deutlich hervor, dass er sich dem Kalifat anschließen wollte.«

Nein, nein, nein! Ich kann mich nicht entspannen. Kann kaum atmen. Es fühlt sich an, als hätte man mir ein Messer in die Brust gerammt. *Amir wäre nicht weggegangen, ohne mir Bescheid zu sagen.*

»Wir wissen, dass die Familie dir viel bedeutet, Khalil«, sagt die blau-grüne Krawatte. »Ich schätze, dein Bruder hat etwas gefunden, was ihm wichtiger erschien.«

Halt den Mund!

»Ich will ihn sehen.« Ich kann das Zittern in meiner Stimme spüren.

»Geht leider nicht«, sagt die rote Krawatte. »Er ist nicht hier.«

»Er hätte das Land auf keinen Fall verlassen«, widerspreche ich.

Die Agenten führen eines ihrer stummen Gespräche. Der mit der blau-grünen Krawatte verlässt den Raum. Der mit der roten sieht auf sein Handy. Ich spiele mit dem Gedanken, mich auf ihn zu stürzen. Er ist kaum größer als ich, und mein Vorteil ist, dass ich … Moment … Ich vergaß. Meine Hände und Füße sind zusammengekettet.

Die Tür geht langsam auf, und bevor ich sehe, wer hereinkommt, schießen mir mehrere Kandidaten durch den Kopf, von denen ich hoffe, sie könnten es sein. Amir … Mr Umarov … Tash … Ms Appleby …

Es ist ein blonder Typ mit einem Tablett mit einer Kanne Tee, einer Tasse, einem Donut und mehreren Päckchen Zucker. Er stellt es vor mich auf den Tisch.

»Bedien dich, wenn du magst«, sagt die rote Krawatte.

Die Ketten sind gerade locker genug, um die Kanne anzuheben und einzugießen.

Schwarzer Tee. Stark und süß.

Das muss ich ihnen lassen. Die Jungs sind echt gut … darin,

mir zu verstehen zu geben, dass sie sehr viel mehr über mich wissen, als ich mir vorstellen kann.

Ich trinke einen Schluck und denke kurz nach. »Was passiert mit Amir?«

Der mit der roten Krawatte sieht von seinem Handy hoch und seufzt. »Keine Ahnung. Terrorismus ist eine ziemlich ernste Sache.«

»Er hat niemandem etwas getan«, werfe ich ein.

Die rote Krawatte setzt sich an die Ecke vom Tisch und krempelt die Ärmel hoch. Er mustert mich. »Hast du deswegen den Zünder nicht ausgelöst? Weil du niemanden verletzen wolltest?«

Ich wende den Blick ab.

»Verdammt, Mann, dafür braucht man sich doch nicht zu schämen.«

Darum geht es nicht. Ich schaue in meine Tasse und denke daran, wie unser Leben aussah, als Mom und Dad noch hier waren. Das Frühstück, das Mom uns gemacht hat: Rührei, Brot mit Butter und Marmelade. Unsere sauberen Klamotten. Wie stolz meine Eltern auf meine Noten waren.

Ich bin verunsichert. Es fühlt sich so klischeehaft an, als wäre ich aus einem Traum aufgewacht und säße jetzt hier mit einem FBI-Agenten in diesem kleinen Zimmer. *Was mache ich hier? Wie bin ich bloß in so eine Situation geraten? Was hab ich mir dabei gedacht?*

Die Tür geht wieder auf, und die blau-grüne Krawatte kommt mit einem iPad herein. Kurz darauf sehe ich Bilder aus einer Überwachungskamera, auf denen Amir mit seiner schwarzen Tasche aus einem Taxi steigt, um ihn herum überall Leute mit größeren Gepäckstücken. Schnitt. Er kommt durch eine Drehtür, bleibt kurz stehen und blickt sich um. Dann sieht man aus einem anderen Winkel, wie er sich in die Schlange vor der Sicherheitskontrolle am Flughafen stellt.

Dieses Video ist kein Fake. Amir tut nicht so, als ob. Er wollte tatsächlich ohne mich gehen.

Es fühlt sich an wie damals an dem Tag, als er mir den Schneeball ins Gesicht warf. Er wusste genau, dass es wehtat.

[47]

Ich war noch nie in einem Kasino, aber so hätte ich es mir sicherlich nicht vorgestellt. Der rote Teppich vor dem Eingang begrüßt die Besucher mit Brandlöchern und festgetretenem Kaugummi. Ich hätte Prunk und Eleganz erwartet, aber hier wirkt alles dunkel und schäbig. Kettenrauchende Taxifahrer hängen herum und warten darauf, die Zocker nach Hause zu fahren. Mein Herz rast. Angeblich ist Ruslan hier. Ich wünschte bei Allah, ich müsste das nicht tun.

Aber ich habe keine Wahl. Eine Stunde zuvor im FBI-Büro haben die Agenten mir die Sachlage erklärt.

»Der Deal sieht folgendermaßen aus«, sagte die rote Krawatte. »Bevor wir Ruslan hochnehmen, musst du etwas für uns tun.«

»Ich will einen Anwalt«, antwortete ich zum tausendsten Mal.

»Wenn du einen Anwalt hast, kannst du den Deal vergessen und zusammen mit deinem Bruder im Gefängnis alt werden«, sagte die blau-grüne Krawatte. »Lass uns doch erst mal ausreden. Wenn dir unser Vorschlag nicht gefällt, kannst du immer noch einen Anwalt bekommen.«

Klang so, als hätte ich nichts zu verlieren.

Den FBI-Männern zufolge hatten sie mehr als genug Beweismittel, um Ruslan wegen des geplanten Bombenattentats dranzukriegen. Aber ihm wäre natürlich sofort klar gewesen, dass ihn jemand aus seinem direkten Umfeld verpfiffen hat. Das FBI wollte verhindern, dass Ruslan Marat verdächtigte (oder die Person, die sie Marat nannten. Die beiden unterdrückten ein Lachen, als ich fragte, ob das sein richtiger Name sei). Dafür war er ihnen als Informant zu wertvoll. Sie wollten ihn in einen anderen Bundesstaat schicken, wo er ihnen weitere potenzielle Terroristen liefern sollte.

Deshalb müssen sie Ruslan davon überzeugen, dass ihn jemand anders verpfiffen hat. Und da komme ich ins Spiel. Deswegen laufe ich an den Taxifahrern und Wachleuten vorbei, denen man gesagt hat, dass sie weggucken sollen, und marschiere ins Kasino. Wenn ich alles richtig mache, werde ich laut FBI »ausgebürgert«, ich verliere meine Staatsbürgerschaft, und Amir und ich werden zurück nach Bosnien geschickt. Wir stehen beide auf der Internationalen Terrorliste und dürfen nie wieder in die USA einreisen, aber, so die rote Krawatte, das ist bestimmt um einiges angenehmer, als die nächsten fünfundzwanzig Jahre im Knast zu verbringen.

Wohl wahr.

Die goldene Schiebetür geht auf. Automatengeräusche, blinkende Lichter und klingelnde Münzen prasseln auf meine Sinne ein. Man muss nicht gläubig sein, um zu wissen, dass der Koran Glücksspiel für Teufelswerk hält, trotzdem überrascht es mich nicht, Ruslan hier anzutreffen. Es gab zahlreiche Berichte, nach denen am Abend vor dem Elften September die Flugzeugentführer in Bars getrunken und mit Prostituierten geschlafen hatten. Und jeder weiß, was der große Märtyrer und Wortführer der Extremisten, Anwar al-Awlaki, trieb, während er verheiratet war und in den USA lebte. Das ist die große Heuchelei im Islam. Dauernd erzählen die Mächtigen uns, dass wir fromm sein und nach den Gesetzen unserer Religion leben sollen, aber immer läuft es nach dem Motto: »Tut, was ich sage, nicht, was ich tue.«

Ich entdecke Ruslan auf einem Barhocker an einem Spieltisch. Ich wette, er, der im Namen des Heiligen Krieges Menschen töten lässt, sitzt hier und spielt mit Terroristengeldern.

Ich weiß, was ich als Nächstes zu tun habe, aber meine Füße machen nicht mit. Die einzige Bewegung in meinem Körper ist das Blut, das durch meine Adern schießt, und die kurzen flachen Atemzüge in meiner Brust. Selbst den mit »Sprengstoff« gefüllten Wagen zu fahren war nicht so gefährlich wie das hier. Deswegen ist das FBI wahrscheinlich auch bereit, Amir und mir die Freiheit zu schenken. Wer weiß, was passiert, wenn Ruslan merkt, dass sie ihm eine Falle stellen? Ihm wird sofort klar sein, dass das Spiel aus ist.

Die FBI-Leute haben mich gewarnt, dass sie jede Beteiligung leugnen, sollte die Aktion schiefgehen.

Ich trete auf den Tisch zu. Das Blut pocht mir bis in die Stirn. Ich will nicht …

Aber ich muss. Es spielt keine Rolle, ob Amir mich allein lassen und für das Kalifat kämpfen wollte. Er ist mein Bruder, und er hat immer auf mich aufgepasst. Jetzt muss ich auf ihn aufpassen.

[48]

Ich stelle mich hinter Ruslan, ein Stück rechts von ihm … Und warte.

Menschen spüren es, wenn jemand hinter ihnen steht.

Als Ruslan sich endlich umdreht und mich sieht, erschrickt er. Ich zittere. Ich muss mich zusammenreißen, nicht einfach wegzulaufen.

»Was machst du hier?«, knurrt er leise.

Ich bete herunter, was mir das FBI aufgetragen hat. »Im Heiligen Buch steht, dass das, was du tust, falsch ist. Das wollte ich dir sagen.«

Die anderen Spieler sehen von ihren Karten und Chips hoch. Ruslan wird rot. Mit zusammengebissenen Zähnen hüpft er von seinem Barhocker, sein Gesicht ist so nah an meinem, dass ich seine säuerliche Fahne riechen kann. »Komm mit.«

»Nein.«

Er packt mich am Arm und drückt zu.

»He!«, rufe ich. Die Leute an den anderen Tischen schauen zu uns rüber.

Ruslan lässt mich los und flüstert schroff: »Wenn du hier rauskommst, wir töten dich.«

»So wie all die anderen unschuldigen Menschen, die du töten willst?«

Ruslans Miene verfinstert sich. »In diesem Land, niemand ist unschuldig.«

»Dasselbe sagen die Amerikaner über die Moslems.«

Ruslan zögert, er starrt mich an. »Warum kommst du hierher, um mir zu erzählen …« Sein Blick fährt nervös hin und her.

Dann stürmt er in Richtung Ausgang.

[49]

Wo soll ich anfangen? Damit, was ich alles bereue? Ja? Es ist nicht nur, dass ich Amir blind in sein Terrornetzwerk gefolgt bin. Nachdem meine Eltern nach Bosnien zurückgegangen sind, habe ich die Schule nicht mehr ernst genommen und alle möglichen Lügen erfunden, um mich durchzumogeln. Ich habe das immer damit begründet, dass ich anders nicht überleben konnte. Aber stimmte das wirklich? Oder war es nur die einfachste Ausrede?

Ich wünschte, ich könnte sagen, dass ich mein Verhalten nicht verstehe, aber so ist es nicht. Ich war faul geworden und sogar ein bisschen arrogant, ich hielt mich für clever und glaubte, überall durchzukommen, indem ich meinen Charme spielen ließ, indem ich log, den Leuten erzählte, was sie hören wollten, und mir vorstellte, am Ende würde ich das Gesicht von Vitalys Firma werden und alles wäre gut.

Apropos Vitaly, er wäre so was von neidisch, wenn er wüsste, dass ich in einem Gulfstream G650 hoch über einer leuchtend weißen Wolkendecke sitze. Die Luft ist so klar, dass man wahrscheinlich Hunderte von Meilen weit sehen kann.

Das FBI meinte, ich hätte meine Sache gut gemacht, indem ich Ruslan glauben ließ, dass ich ein Mikro trage und unser Gespräch mitgeschnitten und als Beweismittel gegen ihn verwendet würde. Kaum war er ein paar Schritte in Richtung Ausgang gelaufen, stürzte sich ein halbes Dutzend Agenten auf ihn.

Den Rest seines Lebens wird er mich für den Verräter halten. Aber das sollte egal sein, weil ich weit weg bin und er im Gefängnis sitzt.

Apropos Verräter, ich kann es Tyler nicht wirklich übel nehmen, dass er das FBI gerufen hat. Einem Typ mit gebrochenem Herzen zu helfen, der mit seiner Freundin reden will, ist eine Sache. Etwas ganz anderes ist es, jemanden laufen zu lassen, der offensichtlich mit Terroristen zu tun hat.

***

»Wasser?«, fragt Fred, der mir gegenübersitzt. Er ist der asiatische FBI-Agent mit der blau-grün gestreiften Krawatte und den gegelten Haaren.

Ich nicke. Er steht auf, kommt mit einer Flasche Wasser zurück und schließt die Handfessel auf, die mit einer Kette um meine Hüfte verbunden ist. Mit der freien Hand hebe ich die kühle Flasche an die Lippen und trinke. Auf der anderen Gangseite, ein paar Reihen vor mir, dreht Amir sich zu mir um und sieht mich böse an. Er weigert sich, mit mir zu reden, hat mich bisher kaum beachtet. Als Teil meines Deals mit dem FBI muss ich auch ihn im Glauben lassen, dass ich der Verräter war. Kein Wunder, dass er stinksauer ist. Fürs Erste. Sie wissen, dass ich ihm irgendwann die Wahrheit sagen werde, aber bis dahin hat die Person, die wir als »Marat« kennen, eine neue Identität und wird gegen andere »Terroristen« in einem anderen Teil des Landes ermitteln.

Ich trinke das Wasser aus. Fred nimmt mir die leere Flasche ab und kettet meine Hand wieder fest. Aber er lehnt sich nicht in seinem Sitz zurück. Er beugt sich zu mir vor und flüstert leise, so dass Amir uns nicht hören kann: »Khalil, kann ich dich etwas fragen?«

Wir haben in der letzten Woche viel Zeit miteinander verbracht, und er scheint mir ein guter Typ zu sein. Er hat mir sogar versprochen, jemanden zu finden, der sich um MaĐka kümmert, damit sie nicht im Tierheim landet.

»Okay.«

»Du bist doch ein kluger, aufmerksamer Junge«, sagt er kaum hörbar. »Wir wissen, wie du da reingeraten bist.« Er wirft einen kurzen Blick in Amirs Richtung. »Aber eins verstehen wir nicht. Was dein Bruder uns teilweise erzählt hat, ist so … so falsch und entspricht einfach überhaupt nicht der Realität. Wir haben uns gefragt, ob ihr eigentlich manchmal Zeitung gelesen habt?«

Ist das sein Ernst? Wer bitte liest Zeitung?

Als könnte er meine Gedanken lesen, fragt er: »Habt ihr mal im Fernsehen die Nachrichten gesehen?«

Ich schüttele den Kopf.

»Und im Internet, auf was für Nachrichtenseiten wart ihr da?«

Nachrichtenseiten? Das ist leicht. »Auf keiner.«

Er denkt einen Moment nach und lehnt sich dann scheinbar zufrieden in seinem Sitz zurück.

Wir schauen beide aus dem Fenster. Ich muss daran denken, wie seltsam es ist, hoch oben über der Welt in diesem Privatjet zu fliegen, dem ultimativen Symbol von amerikanischem Kapitalismus und freier Marktwirtschaft. Ich bin kein amerikanischer Staatsbürger mehr, ich wurde ausgebürgert und darf nie wieder in die USA einreisen. Ich spüre mein Herz klopfen. Nicht nur wegen Angie. Oder Vitaly. Auch wegen Amerika und der Zukunft, die mich dort erwartet hätte. Trotz Heuchelei und Rassismus, trotz all der Kriege, die es im Namen des Friedens führt, gibt es wahrscheinlich kein besseres, freieres und chancenreicheres Land auf der Welt.

Ich vermisse es jetzt schon.

»Ein Volk, das frei entscheiden kann, wird sich immer für den Frieden entscheiden.«

Ronald Reagan,
US-Präsident (1981–1989)

Seit ihrer Gründung im Jahr 1776 befanden sich die Vereinigten Staaten von Amerika während 220 von 240 Kalenderjahren ihres Bestehens im Krieg.

[NACHWORT]

Ich denke immer wieder darüber nach, dass Geschichte stets von den Siegern geschrieben wird und sie für dieses Land auch ganz anders hätte ausfallen können.

Wie hätte wohl die Geschichte für die Kinder der amerikanischen Ureinwohner ausgesehen, wenn ihre Vorfahren es geschafft hätten, die Land raubenden, skrupellosen Europäer fortzujagen? Wie hätte sie für die Kinder der Afroamerikaner ausgesehen, wenn Nat Turners Aufstand gegen die grausamen Sklavenbesitzer erfolgreich gewesen wäre? Und wie für die Kinder der Südstaaten, hätte der Süden sich im Bürgerkrieg gegen die industrialisierten Heuchler aus dem Norden durchsetzen können?

Wenn die amerikanische Geschichte des mittleren zwanzigsten und frühen einundzwanzigsten Jahrhunderts geschrieben wird, wird der Elfte September das Beispiel sein, mit dem

Historiker beweisen, wie grausam und unmenschlich die Radikalislamisten waren. Aber so schrecklich, so unentschuldbar und verheerend der Elfte September auch war, was ist mit den US-amerikanischen Atombombenabwürfen auf Hiroshima und Nagasaki, bei denen mehrere hunderttausend Zivilisten elendig umkamen? Man könnte argumentieren, dass wir uns nicht »offiziell« im Krieg mit dem Islam befanden, als Osama bin-Laden seinen teuflischen Plan ausheckte. Aber in Wirklichkeit waren die USA schon seit Jahrzehnten in militärische Konflikte im Nahen Osten verwickelt. Wenn zwei Seiten sich bekämpfen, ist es dann nur Krieg, wenn die USA es so nennen?

Schätzungen zufolge sind während des 20. Jahrhunderts mehr als zweihundert Millionen Menschen in erklärten wie nicht erklärten Kriegen gestorben. Für keinen von ihnen hat es eine Bedeutung, wie der jeweilige Krieg ausgegangen ist. Für keines der Kinder, die nicht erwachsen geworden sind. Für keinen der jungen Menschen, die im Namen irgendeiner Sache umgekommen sind, an die man sich kaum noch erinnert. Für sie und alle anderen gibt es im Krieg keine Gewinner. Vielleicht gibt es einen Sieger, aber das ist nicht dasselbe wie Gewinner.

Solange Menschen sterben, gibt es nur Verlierer. Die eine Seite verliert nur mehr als die andere.

Und wenn sich alle Religionen einig sind, dass das Leben heilig ist, warum mussten und müssen dann so viele Menschen im Namen der Religion sterben?

Mein Roman *Dschihad Online* ist nicht nur ein Friedensappell und ein Aufruf an meine amerikanischen Mitbürger, doch mal genauer hinzusehen, wie der Rest der Welt uns und unser Handeln wahrnimmt, es ist auch eine fiktive Geschichte. Einige Szenen mögen sich auf konkrete Ereignisse beziehen, die Charaktere sind jedoch frei erfunden. Jede Ähnlichkeit mit realen Personen wäre rein zufällig. Orte, Schulbezirke etc. sind ebenfalls ausgedacht. Die meisten historischen Bezüge beruhen auf Tatsachen, wenn auch nicht alle. Abgesehen davon entsprechen die Rechtsgrundsätze und Bestimmungen im Bildungssystem den Gegebenheiten in den USA und unterscheiden sich wahrscheinlich maßgeblich von denen anderer Länder.

Morton Rhue, Mai 2016

@ Richard Honigmann

Morton Rhue wurde auf Long Island, New York, geboren. Nach dem Studium begann er sich dem Schreiben von Büchern zu widmen. Seitdem hat er eine große Anzahl von Romanen und Kurzgeschichten verfasst – in den USA gehört er zu den bekanntesten Kinder- und Jugendbuchautoren. Sein in Deutschland berühmtestes Buch ist »Die Welle«, das seit Jahrzehnten zur Schullektüre gehört und vielfach ausgezeichnet wurde.